KB276229

내 마음 속의 독도

독도앤솔러지

신세림

독도전경

동도

서도

삼형제 굴 바위

기념등

한국령

시설물

노랑부리 백로

괭이갈매기

삽살개

어민숙소

가막베도라치

일곱줄얼개비늘

개볼락

미역치

별불가사리

집게

갯민숭달팽이류

돌돔

파랑돔

보라성게

구절초

기린초

날개하늘나리

해국

참억새

갯메꽃

섬장대

곰딸기

여영난 作 〈사모하는 독도〉 62×32cm, Oil on canvas

동곡 권용섭 作 〈독도의 전경〉 122×58cm, 수묵담채:경찰청 소장

여영난 作〈엄지바위〉Oill on canvas

동곡 권용섭 作 〈독도의 어부 · Ⅱ〉, 57×45㎝, 수묵담채

동곡 권용섭 作 〈독도의 어부·Ⅰ〉, 57×45㎝, 수묵담채

여영난 作 〈독립문 바위〉 Oil on canvas

동곡 권용섭　作 〈동도〉, 50×38㎝, 수묵담채:박상준 소장

동곡 권용섭 作 〈동도〉, 50×38cm, 수묵담채

여영난 作 〈독도의 추억〉, Oill on canvas

지상윤 作 〈독도〉, 695×68.5㎝ 수묵담채

배달 나라 얼이 웃아 의릏은 동도 어도
앞을 보나 뒤를 보나 두 개 분명하다
아리랑 독도 아리랑 믿음 직한 롱상이여
동쪽 땅 끝을 지켜 왔다 억센 파도 빗질하며
해 돋이도 해넘이도 붉은 정열 함빡 쓸어
사방의 즈무래기 섬 되어 끝을 자랑하네
하늘이 내린 비경 갈매기도 우리 가족
붉들꽃 가을 해국 즈국 친가 읊어대고
등대는 날밤 새우며 수호신이 되겠단다

을우년 봄 믿음직한 독도를 읊어 쓰다 흔헌 채 을병

韓國東向孤一壺
依五百年承傳求能
戰飛以乃是不謝
敵乃侵掠傷以動
全韓民族不可忽
嗚呼痛哉痛哉羅
笑祖遺志少元守
韓國望像之心空

한국은 동쪽에 외로운섬 하나
천오백년전부터 전해내려왔으며 이거늘
전쟁의 피를받지않으며 씻기지않고
치파 하편른 외국의 행패늘
한국의 권위와 용맹스러운 피와
아들교도 순수도다
신조부터 물려받은 섬이라 죽음으로 지킬것이며
일본은 양심진임 할것을 한국은 바라다

武戌五乙庚四月 兢岩人愚齋書 永寰

독 도

새파란 동해에 뜬 우리의
섬 독도 오늘 왜적의 침탈
야욕에 당당히 맞서나니
온 몸으로 지키고 가꾸세
솟아오르는 동녁빛 아침
우리 한 몸인 독도

이천오년 경민 김병제

내 마음 속의

독도앤솔러지

독도

두근거리는 이 가슴을 어찌하랴

혹, 너를, 너를 두고서
세인世人들이야
짓궂은 장난을 치는 것 아닐까?

혹, 너를, 너를 품어 안고서
시인詩人들이야
말장난 즐기는 것은 아닐까?

그러나저러나
아랑곳하지 말게나.
독도獨島, 너는 너일 뿐이지 않는가.

두려운 마음, 떨리는 가슴으로
시를 짓고, 그림을 그리고,
먹물을 찍어 이곳에 펼쳐 놓았나니
부디 마음의 눈으로 보아 주시라.

부족한 것은 부족한 대로
넘치는 것은 넘치는 대로
새겨주시라.
받아주시라.
두근거리는 이 내 가슴을.

2005년 5월 1일
정릉 북한산 자락에서 이 시 환

우리의 마음이
고스란히 일본인들에게도 전달되었으면

　동해상에 있는, 작은 돌섬, 독도는 우리의 주권이 행사되고 있는 영토다. 그럼에도 불구하고 일본은 궁색한 이유를 들어서 자기네 영토라고 온갖 궤변과 억지를 늘어놓는다. 급기야는 한일 양국간 외교적 마찰과 반일감정을 고조시키고 있는 터이다. 이런 상황 하에서 그 독도를 작품의 중심소재로 하여 시인들이 집단적으로 시를 짓고, 화가들이 그림을 그리는 행위에는 과연 무슨 의미가 있을까?

　생각하건대, 두 가지 의미가 있을 것 같다. 하나는 정치적 의미요, 다른 하나는 문학적 (혹은 예술적) 의미다. 곧, 역사적으로나 국제법상으로나 우리의 영토임에 틀림없는 독도를 일본이 자기네 영토라고 주장, 국내외 여론을 형성할 뿐 아니라 역사교과서에 명기함으로써 분쟁을 일으킬 여건을 조성하고 있는, 어처구니없는 현 상황 하에서 그에 대한 관심을 환기, 증폭시키고, 우리 정부와 국민 차원에서의 대응책을 강구하라는 시사(示唆)요, 간접적인 압력행사를 하는 것으로서의 정치적 의미가 있다고 생각한다. 그리고 시작(詩作)이란 대상(對象)에 대한 시인의 주관적인 의미 부여이자 감정 표현이라 할 수 있는데, '독도'라는 이름으로 누구에게나 동일하게 존재하는 그것에 시인들이 어떻게, 무슨 의미를 부여하고 있는지를 확인할 수 있고, 또한 그 결과를 놓고 우리 시문학의 특징과 위상을, 바꿔 말해, 시인들의 문학적 안목과 능력, 그리고 지력까지도 확인할 수 있다는 점에서 그 문학적 의미가 있다고 생각한다.

본인은 시를 짓는 문학인도, 그림을 그리는 화가도 아니지만, 친구인 이시환 문학평론가가 적지 않은 시인과 화가, 그리고 서예가들에게 작품 청탁을 하여 독도 앤솔러지를 펴내겠다고 세세한 내용을 전해왔을 때에 가슴이 뜨거운 문화예술인이 되지 못함을 안타까워했던 국민 가운데 한 사람일 뿐이다. 그래서 본인이 자청해서 이렇게 분에 넘치는 축사를 쓰고 있지만, 혹 이 독도 앤솔러지에 작품을 출품하신 시인들이 독도에 가게 된다면 함께 가고자 약속하고 싶은 것이다.

며칠 밤을 새워가며 가편집된 원고를 일독했지만 그래도 즐거웠던 것은, 독도에 대한 그림과 사진과 서예작품을 감상하는 재미도 재미였지만, 김승 한국섬학회 회장이 집필한 〈新韓日漁業協定이 獨島 領有權에 미치는 영향과 獨島 保全對策〉이란 논문을 통해서 독도에 대한 우리 정부의 정책을 이해하게 되고, 또한 일본 정부의 절박한 입장을 헤아리게 된 데에 있다. 특히, 독도와 관련된 한일 양국의 정책적 변화를 읽게 하여 대단히 유익하다고 생각한다. 물론, 이 논문뿐만이 아니라 여기에 실리는 시 한 편, 수필 한 편, 그림 한 점 등이 다 소중한 역사적 자료가 될 줄로 믿어 의심치 않는다.

따라서 이 독도 앤솔러지가 널리 세상 사람들에게 읽혀져 새삼 우리의 정체성을 확인하고, 나아가서 우리의 마음이 고스란히 일본인들에게도 전달될 수 있었으면 하는 마음 간절하다. 아무쪼록, 그 후속적인 노력도 하리라 믿으며, 일사불란하게 독도에 대한 심상을 정리하여 출품해 주신 여러 문사들께 편집인을 대신하여 감사를 드리면서, 마음으로부터 축하를 드리고, 또한 문운이 늘 함께하시기를 특별히 기원하는 바이다.

2005년 5월 6일
의학박사 강 춘 성

독 도 獨島

망망대해茫茫大海 가운데 솟아있는 돌섬 하나
보일 듯 말 듯 아득히 멀리 있어
늘 아슴아슴하여라.

아침저녁으로 오며가며
혹 눈빛 마주치거나,
불쑥 네가 그리워져 가까이 다가서노라면
풍랑이 거칠어 접근조차 쉽지가 않네.

그래, 사람들은 쉬이 그를 외면하지만
실은 그런 독도 하나씩을
저마다 가슴 속에 품고 살지.

그래, 그곳에 가면, 그곳에 가면
실로 오랫동안 나를 기다리며 정좌해 있는,
다름 아닌 내가 있을 뿐이네.

-2005.04.10. 17:05 이시환 作

시 · 시조

산문

독도사화집 獨島詞華集 DOKDO ANTHOLOGY

POETRY 詩 시

강상률	김준환	박영자	안도섭	윤고영	이희재	조숙연
고 원	김지향	박일동	안용민	윤학재	임솔내	조현길
권영우	김태은	박일소	안재동	이광녕	임영준	채윤병
김경수	김 평	박정래	안혜초	이무권	임정은	최경구
김 광	김항식	박정진	양 숙	이생진	임종린	최금녀
김대원	김현숙	박종일	여한경	李秀和	장종국	崔順子
김동원	김호길	박종해	오남구	이시환	장찬영	최승범
김성진	김희경	박희호	오정교	이양우	전석홍	추영수
김숙자	남기일	백기출	오정방	이은심	정성수	韓相哲
김영월	도창회	서지월	왕영분	이의웅	정순택	함동진
김용관	민영희	송택경	우금수	이인해	정연수	현금순
김 원	박건호	신광현	위초하	이정숙	정원철	홍석하
김재황	박곤걸	신국현	유재남	이창년	정정길	홍윤표
김종제	박세문	신군선	유창섭	이효녕	정태모	

독도를 물로 보지 마라

강 상 률

동방의
등불 밝혀온 수호신,
독도를
물로 보지 마라.
독도를 물로 보면
동해에 이는 성난 파도가
섬나라를 물로 심판하리라.

하늘 여는
고조선의 단군 영역이
광개토대왕 신라 지증왕
조선왕조 초기부터 대한제국까지
백두대간에 그 뿌리를 내려
백의민족 자존으로 우뚝 서
배달겨레의 혼이 하나 되어 지켜온
그 이름 불멸의 독도이었노라.

짓궂은 사람들아,
괭이갈매기도 외치고 있나니
독도를 물로 보지 마라.
칠천만 철벽 파수꾼 앞에
독도를 물로 보면
물의 대란 맞을 것이리라.

갈매기 춤사위

고　원

맑은 물결
춤사위로
갈매기 훨훨
훨훨.

바위에서 태어나
섬을 지켜
노래하고

하늘도
낯익은 고향,
구성지다
독도 춤.

독도

권 영 우

까마득한 태초에
하늘이 열리고
단군께서 겨레의 초석 놓던 날

백두와 한라
붉은 두 심장을 도려
동해바다 한복판에 표석을 세우셨다.

반만 년 유구한 역사
온갖 시련
뜨거운 민족애로 조국을 지키다,

붉은 두 심장
까맣게 숯등걸 된
독도 너는
충직한 우리의 분신이요
칠천만 겨레의 자존심이다.

너를 침탈하려는
불의의 무리로부터
이제 우리가 굳게 지키리라.

사해동포四海同胞

두 동강이 민족
모두 하나 되어
너의 두 심장을 붉게 지켜 주리라.

너는 결코 외롭지 않아

김 경 수

괭이 갈매기야 우지마라.
독도는 더 이상 외로운 섬이 아니란다.
수많은 세월의 풍파에도
굳건히 솟아
동해의 용으로 살아 있지 않느냐.
민족의 땅 너는
512년 신라 우산국 시절에
우리들의 선조 이사부로부터
이름을 지어 받지 않았느냐.
우산국이라는 아름다운 이름 석자를.
감히 누가 3·16 망동妄動을 했단 말인가.
그 옛날 안용복 선생에게 다시 사과문을 쓰려하느냐?
이순신 장군이 두렵지도 않느냐?
홍순칠 대장에 쫓긴 수모의 기억을 모르느냐?
너 독도 더는 외롭지 않으리.
두 눈 부릅뜨고 너를 지키노니
더 이상 넌 혼자가 아니란다.
동도야! 서도야!
이제는 둘만 마주보는 외로움이 아니란다.
아직도 침략의 야욕을 풀지 않는
일본의 군국주의 속셈에 눈 멀지 않기를
한민족 칠천만 겨레의 사랑으로 너를 지키리라.
너의 자태는 천연기념물 제336호.

이 아름다운 이름에 가당치 않은
'다케시마'가 웬 말인가.
너희들이 제 아무리 생떼 쓰고
망언을 하는 시간에도
엄연히 대한민국의 숨결이 숨쉬고
자랑스러운 태극기가 펄럭이며
한국령이 선명한 우리의 글이 지키고 있지 않느냐.
일본 너희의 침탈의 야만을 전 세계에 밝히고
우리의 영토임을 영원히 밝혀줄 등대는
오늘도 드넓은 동해를 넘어
태평양을 향해 비추고 있기에
너는 결코 외롭지만은 않단다.
괭이 갈매기야, 이제는 더 이상 우지마라.

독도獨島여

김 광

석양의 핏빛은 섬에도 기울어
기어이 파도는 분노하는가.
십오야를 의지하던 깡치잡이 어부들아,
초목이 그리는 지도를 보렴.
동해에 머리 푼 한반도의 막내가
사계를 오며 가며 단군을 외치는데
동도에서 서도로
서도에서 동도로
백구白鷗의 날개짓도 태극을 그려내고
파란 하늘에 손짓하는 저 등대도
조선을 향하여 부지런히 깜박인다.
게다로 해변을 차던 노략의 명수들
출전 앞둔 장군바위에 찔리겠느냐?
돌아서서 독도獨島라 부르겠느냐?
창파를 차고 오르던 재갈매기 울음 운다.

독도獨島여,

왜국 일본 너들이 정말

김 대 원

일본,
본시 너는 가락의 후손이었다.
본시 너는 우리가 길러온 애송이 철부지였다.
백두 호랑이 흑룡강 넘나들며 시베리아 뛰어넘고
세계 정상(에베레스트산)에 태극 깃발 꽂기 위해
휴식하는 틈 타
36년 동안 겁도 없이 백두정기 맥 잘라
처처마다 쇠말목 치면서
세계평화 꿈꾸는 호랑이 머리 짓밟더니

평화의 원자탄에 항복하고
두 손 부비면서 용서 빌었다.
'이웃 사랑 하기를 네 몸과 같이 하라'는
하늘의 말씀 이루기 위해
저들도 내가 키운
한 조상 한 형제라 용서해 주었더니

은혜를 원수로 갚는
교활한 승냥이가 되어
천지도 모르고 깨춤 춘다.

저들이 맥 잘라 잔인하게
쇠말목 친 자리마다

피 고름 아직도 쏟고 있다.

저들이 할퀴고 간
손발톱 자국과 이빨자욱
아직도 아물지 않고 있다.

저들이 만들어 놓은
유무형의 철조망이 하늘 땅 바다에
아직도 박혀 있다.

개만도 못한 저들은
아직도 참회할 줄 모른다.
백두 호랑이 그 깊이 상처 가슴으로 삭이며
청포림淸泡林에 꼬리 감춘 채

안간힘 다해 세계도약 꿈 키우는데
청포림 숲 위로 드러난
울릉도와 독도 꼬리
감히 자르려 하다니

청포 숲만 걷고 보면
호랑이 꼬리임이 백일하에 드러날 걸.
그렇다.

본시 자족할 줄 모르는
그릇의 작은 승냥이는
우매하게 형제의 소중한 금반지도 훔치려는 법.
결국은 만천하에 웃음거리 되고 말걸.
결국은 만천하에 조롱거리 되고 말걸.

선전포고

김 동 원

비상이다.
백주대낮 그것도 서울 한 복판
독도가 왜놈땅이라고 멍멍 짖는 개가
멀쩡하니 한 다리 들고 쉬를 한다.
쉬쉬하던
명성황후 시해 전말이 밝혀진 게 엊그제지, 아마.

복날 개 패듯
때려 죽여도 성치않을 망발을 하고도
하늘을 쳐다보는 개가 떼로 몰려와도
멀뚱멀뚱 아리랑 타령이나 읊조리는
시인도 있다.

잊기를 밥 먹듯 한다지만
이미 개들의 계략에 걸려 들었고
소리없는 전쟁은 시작되었다.
국제재판을 하자고?

시방 안방은 따끈따끈 안녕하신가 보다.
밤낮 짝짓기에 골몰하고
친일이 어떻고
수도 이전은 안되고
호주제 폐지만이 지상낙원이라고

죽기 아니면 살기다.

정신대 할머님 한도
보국대 끌려가 부서진 뼈가 아직도 절그럭대는데
대가는 커녕
말도 못꺼내게 윽박지른다.

영악한 사냥개는 사냥감을 물지 않는다.
코쟁이 눈치에 따라
밥그릇만 챙길 뿐.

독도는 외친다

김 성 진

바람막이 하나 없는 바다에서
타는 가슴 끓는 피가
방울 방울 뜨거운 바위로 맺혀
거센 물결 위 늠름한 모습
그 정기 뻗어나와
삼천리 강산 파수꾼이 되었느니

흔들리는 바다 버텨 오면서
검푸른 물결 헤치고
시련 이긴 아침의 나라로
반만 년을 달려온 꿋꿋한 기개
민족의 혼을 일깨우면서
독도는 외친다 이 나라 보루임을

밤낮 변함없이 동해 초소되어
망망한 바다 지키고 서서
밤마다 별빛 모아
아침을 향해 빛살로 쏟으면서
거센 파도 타고 금수강산
뭍으로 뭍으로 밀려오고 있느니

배달겨레 평화로운 이 터전에
묵례하게 울을 넘어

즐거운 잔치상에 혀를 내미는
쪽제빈가 도둑고양인가
음흉한 무리 나팔부는 주둥아리
탐욕에 빠진 짐승을 저주하리

독도는 영원히 우리의 땅
동해바다에서 아침해로 떴는데
누가 감히 넘보는가
바다를 지키는 든든한 첨병
독도는 외친다 우렁찬 함성으로.

유전자 검사한 독도

김 숙 자

대한민국 자궁에서
태어난 막내
독도야 울지 말거라.

일본이
너를 데리고 갈까봐
무서워하지 말거라.

유괴범이
얼마나 큰 죄인인가를 모르는
그들을 불쌍히 여기자꾸나.

에미는
일본이 너를
자기 자식이라고 우길까봐
유전자 검사를 했단다.

검사결과
너는 나의 핏줄,
한국 주권의
상징이 되어버린 섬,
협상의 대상이 될 수 없는 우리 영토.

당연한 일을
논란거리가 되도록 방치한
에미의 무관심이
어처구니 없는 일을 벌어지게 했구나.

너 없으면 못사는 나의 자식아,
속울음일랑 긴 세월에 묻어두고
두 발 쭉 뻗고 잘 자거라.

이제 독도는 외롭지 않다

김 영 월

동해의 끝머리에 피어난
우리의 막내둥이를
누가 자꾸만 괴롭히는가.
대한민국 경상북도 울릉군 울릉읍 독도리
가슴에 달린 문패를 저리 보지 못하는가.

조선시대 동래의 충신
눈을 부릅뜬 안용복의 호통소리가
더욱 거센 파도로 달려온다.
'우리는 울릉도에서 하루거리이고
일본은 닷새거리인데
어찌 독도를 넘보는가?'

우리의 귀여운 막내를 탐내는 이웃 때문에
한반도의 어미 가슴은 찢어져
오늘도 잠 못 이룰 때
삼형제 굴바위도 침묵을 깨고
벼랑 위의 하얀 등대
괭이갈매기, 바다제비, 섬새
술패랭이꽃, 섬기린초, 갯괴불주머니
다랑어, 혹돔, 망성어
함께 일어나 만세를 부르며
태극기를 흔들어댄다.

이제 온 국민이 하나된 독도 사랑
더 이상 막내는 외롭지 않고
울지 않아도 되리라.
수평선 너머 일몰의 오색 이불에 덮여
그대 막내야, 맘 놓고 단잠 자려무나.

내 몸에 점 하나 독도

김 용 관

내 몸에 점 하나.
홍점 흑점인들
내 것 아닌 것이 하나도 없다.

이 땅의 영혼과 기상이
역사의 숨결에 흠뻑 젖은 얼굴.
점 하나 잊고 산 세월이 부끄럽다.

그러기에 바람도 눈도
육신을 넘어서 독도 발목까지
언제나 넘쳐나는 그리움.

얼룩배기 울안에서
슬픈 울음 안으로 당기듯
갈매기 울음만 깔아 놓고 예는 밤.

출렁이는 물결을 안고도
마냥 외롭지 않다고

파도를 밀어내며 언제나
성녀처럼 앉아 있는 너.

귀하디귀한 당신의 몸에

점 하나 묻으로 고개를 떨구는
네 모습에서 조선의 얼굴을 본다.

아! 독도

김　원

독도는 밤만 되면 어디론가 끌려갔다,
아침이면 해와 함께 동해에 떠오른다.
밤 사이 잃었던 섬을 해가 찾아 나온다.
역사의 끈을 잡고 잠긴 듯 뜨는 섬아,
망향의 새떼들이 깃발 되어 날아들고
신라의 쪽빛 바다에 흰 뱃길도 열리리라.

독도 일기

김 재 황

바다를 덮은 어둠, 문득 놀라 도망치면
가슴에 빛을 안고 눈웃음을 짓는 아침
이 땅의 동쪽 끝에서 서기 한 줌 짚힌다.

마주본 부부섬이 은밀한 말을 빚는데
파도에 정을 싣듯 올망졸망 딸린 섬들
두 팔을 벌린 품으로 갈매기도 날아든다.

고독을 참아내느라 몸을 더욱 웅크리면
주름살은 깊어지고 바람 앞에 거친 살결
황급히 감춘 정강이, 옛 상처가 드러난다.

쓸데없는 이야기는 굴 밖으로 내버리고
먼 역사를 가늠하여 검바위가 꿈틀댈 때
우리네 어진 마음도 물골에 함께 고인다.

독도여 독도여, 내 마음 속의 독도여

김 종 제

우리들 꿈 속에
비밀의 섬이 하나 숨어 있다.
자유를 향하여 비상하는 새들과
바다 깊숙한 곳으로
추락하는 물고기들.
누군가 거두어 평화로이 생명의
숨 쉬게 하는 그 섬 속에
우리들이 잊어버렸던 꿈이 하나 있다.

우리들의 사랑을 기억하라고
겨울나무 가볍게 흔드는 바람소리
하늘 아래 세상을 덮어버리듯
한꺼번에 나려지는
눈소리 기억하라고
그렇게 아름다웠던 순수의 존재
따스한 성자의 손길
처음의 진실했던 그 순간을 잊지 말라고

햇빛 찬란했던 지난 날의
과거를 기억해내고
광활한 우주로 솟구쳐 올라
그 무엇을 찾아 홀로 떠도는 섬
천둥과 비바람 몰아치는 이 세상에서

독도여,
너는 일어서는 힘이다.
너는 굽히지 않는 정신이다.

다시 시작하는 것은 모두
여기 독도에 있다.
아침이면
무덤 위에서 떠오르는 태양과
밤이 되면
횃불처럼 꺼지지 않고 빛나는 별
독도는 우리들
심장의 한가운데 있다.
독도는 우리들 마음속 한 가운데 있다.

독도는

김 준 환

비바람 몰아쳐
파도라도 높아지면
영 잠겨 버릴까봐

한 마리 등 푸른 거북이 되어
동해 용궁 깊숙이
숨어 버릴까봐

늘 내 시선을 칼날 위에
까만 붙박이 살점이 되어
끝없이 뜨잠김하는 너는

안압지 푸른 심연에
총총히 쏟아져 내린 별들을
동이채 퍼 마시다가

신라 적 석탈해왕
잠 곁에 누웠다가
역모를 꿈꾸다가

海眼寺 불당 마루 밑에 숨어 살던
석가래만한 꽃뱀에게
뒷꿈치 몰려 浮浪하다가

밤마다
첨성대 정수리에 올라 앉아
天機를 누설하다가

이차돈의 목을 베던
회자수 시퍼런 칼날 위에
덩실덩실 춤을 추다가

핏빛 千手를 흔들며 일어나는
장엄한 아침해를 끌어안는
견고한 가슴팍이다가

천만 년 비바람에
파도가 몰아쳐 깎아 다듬은
저 叛骨의 氣槪여,
내 自尊의 石燈蓋여.

독도, 살아있는 바위섬

김 지 향

대한민국 땅 울릉도 옆구리
동해의 기둥으로 서서 왜인倭人들의 눈총을 받는 독도
왜인들이 군침을 흘릴 때마다 한국말로 소리치는 독도
때때로 큰 기침으로 동해 전체를 뒤흔들어 놓는 독도
독도의 기침 한번에 온 바다 파도가 벌떡 일어서고
독도의 기침 두 번에 온 바다 괭이갈매기 떼 모여들고
독도의 기침 세 번에 우주를 돌아 나온 회오리바람이
왜인들을 향해 해일 같은 물 팔매질을 해댄다

아침해를 가장 먼저 뽑아 올리는 측후 안테나 독도
푸른 물너울이 치솟는 동해바다 동쪽 끝
허공을 쏘듯 깎아지른 두 바위섬이 천연가스
하이드레이트를 깔고 앉아 지긋이 웃음 머금고
탈취할 틈만 노려보는 왜인들에게 눈 부라리고 있다
멀리서 보아도 보물단지 품고 태극기 휘날리는 우리 땅 독도

독도는 태어나던 사백오십만 년 전에도 오늘도 살아있다
왜인들이 탐내는 무리 갈매기 방울새 동박새 황조롱이의 군무가
파란 하늘에 하얀 그림으로 수놓아 독도의 품위를 지켜준다
바다 속에는 희귀 물고기 떼와 물미역 산호숲이
독도에게 날마다 푸른 생명수를 먹여준다
독도를 둘러 선 참억새 날개하늘나리 개머루 까마중 꽃들이
철 따라 독도의 가슴팍에 꽃물을 들여 준다.

물장구를 치며 온종일 바다 머릿결을 빗겨주는
힘찬 바람소리는 대한민국의 일어선 기상을 보여 준다

독도!
오늘도 의연한 모습으로 가득 찬 푸른 정기를 쏟아내고 있다.

독도

김 태 은

아침바다 해비늘에 황토빛이 묻어나
혈맥을 더듬으며 수맥을 두드리며
동해의 끝줄에 태극 무늬 낙관을 찍었다.

섬나라 검은 억지는 해묵은 지병인가
뼈대 굵은 바위섬의 글썽이는 진실 앞에
제 이름 독도라 외치며 도벽을 나무랜다.

문이 없는 수평선에 노을을 베고 누워
갈매기를 부르다가 파도를 달래다가
태평양 모퉁이 흔들어 청자빛 획을 그었다.

대마도 사랑

김 평

동백섬 발등 아래 인어공주
청석바위 틈바구니 발 담그고 우뚝 서서
청포주름 에워잡은
그 사연 깊은 비련.

그 섬에 닳은 혼맥 민족혼도 녹여내어
밟힌 상흔 부여잡고 달려와서
상처난 몸 피망울로 절인 채
두견화 꽃 핀 사연.

임 그린 두견새도
그 향기에 취해서는
들며날며
노래하네

독도는 우리땅, 대마도도 우리땅.

어느날 갑자기 독도전쟁이 터지다

김 항 식

일본 비행기가
새까맣게 떴다,

독도 하늘에
어느날 갑자기.

독도를 둘러싼 바다에는
여러 척의 일본 항공모함
오르내리는 전폭기……

언제 일본이
이런 것들을 만들었던가.
우린 무엇을 하고 있었던가.

"독도는 우리 땅!"

우리가 노래만 부르고 있을 때
신나게 日章旗를 불태우면서
데모로 기세만 올리고 있을 때

일본 사람들은 몰래
수송선이라고 자꾸만 만들고 있었다,
철판만 씌우면 항공모함이 되는.

저기 저 보이는가,
항공모함을 둘러싸고 있는
전함들 구축함들 어뢰정들.

언제 일본인들이
저런 많은 함정을 만들었던가,
소리 소문 없이.

우리네 소식이야
해군장성 하나가 방귀만 뀌어도
신문이 떠들썩하지만

우리네 造船 실력이야 대단해
세계 1등이라면 무엇하는가?
돈벌이 주문생산에만 늘 바쁘고.

우리의 영웅 이순신 장군이
龜船을 만들었다는 자랑은 대단해도
묘한 空中浮揚艦* 하나 만들었던가.

러시아는 벌써 옛날에 만들었다.
미국도 만들어 實戰에 쓰려 한다.
이제사 우린 사다 놓고 늑장 연구
이제야 정신이 번쩍 드는가. 때는 늦었다.

일본 전폭기들이 퍼붓는 불벼락에 이어
기어오르는 해군 陸戰隊가 독도를 점령.
한국의 독도 수비대는 전부 옥쇄玉碎.

어느날 갑자기
독도에서 전쟁이 터지면
다시는 돌이키지 못하리라.

지나간 역사만 믿고 살아라.
어느날 갑자기 망하리니.
고구려도 지금은 없느니라.

독도를 향하여

김 현 숙

너는 힘찬 두 팔로
오만하고 불손한 저들을
오늘도
단단히 막아내고 있다
세찬 비바람에 깎이고
험한 파도에 할퀴운
우리의 역사
우리 조국의 얼굴
그런 너를, 그런 나를
야욕에 찬 무리가
체면없이 넘보는구나
대해大海 시퍼런 물살에도
흔들리지 않는 뿌리를 내리고
우뚝 선 그대여
저들이 다시 와 지분거리거든
네 가슴 속 뜨겁게 펄떡거리는
심장을 불같이 열어주라
거기, 면면히 이어온
원대한 웅혼을 보여주라
독도여, 너는 우리의 긍지다
멀리 있어 더욱 아픈 사랑이다.

독도獨島, 우리 영혼의 금강석

김 호 길

동해의 끝자락 망망대해 위에
외로운 물새마냥 외롭게 솟아있는 섬 둘.
그 섬이 바로 독도,
우리 영혼의 금강석이니라.

옛 역사를 짚어보면 그 왜구倭寇가
호시탐탐 조선반도를 노리던, 그 왜구의 잔당殘黨들이
아직도 옛 만행을 뉘우치지 못하고
야욕의 발톱을 너에게 겨누고 있고

대국이라던 중국이 겨우 가난에서
벗어나자마자 '동북공정'이란 미명으로
고구려 역사마저 제것으로 빼앗으려드는
아세아亞世亞의 딱하고 흉흉한 이 시절에

유럽은 유럽 전체를 한 통화를 쓰고
한 나라로 만드는 작업이 한창이고
세계는 서로 문을 열고 국경선을 지우고
'누구든 어서 와서 살아라' 하는 자유의 세상에

아세아의 작은 반도 우리 땅은 무슨 업보業報가 그렇게 남아
형제끼리 아직도 갈라서있고
서로 총칼을 겨누다 못해

핵무기로 위협을 하고 있는가.

독도야, 우리 사랑의 심볼 독도야,
물새처럼 외롭게 흔들리고 있는 독도야,
세계로 뻗어나간 우리 한민족의 가슴마다
네 안위安危를 꿈속에도 간절히 기원하노니

호시탐탐 한반도를 노리던
그 옛 왜구의 후손들에게
너의 돌 하나 풀 한 포기
결코 넘겨 줄 수 없다.
사랑하는 독도야,
우리 영혼의 금강석이여!

독도

김 희 경

요염한 여인의 모습에
사내가 침 흘리는 일은 당연지사當然之事

말을 건네고
손목 한 번 잡아볼까
님 품어나 보세

그러나 어쩌겠어
우리 조상의 어머닌 걸
우리 영혼의 어머닌 걸.

독도 관련 망언에 붙여

남 기 일

돌연히 동해에서 개들 짖는 소리
한국의 독도를 왜구들의 것이라 우기네.
예로부터 지금까지 전혀 그런 적 없으니
신라장수 이사부를 깨워서 물어보라.

쓸데없이 계속 미친 듯이 짖어대면
어진 우리들도 어찌할 도리가 없지.
개 짖는 소리 시끄러워 견딜 수 없으면
몽둥이 세례를 퍼부어 잡아버릴 수밖에.

독도도 문제지만

도 창 회

독도도 문제지만
더 더러운 짓거리는
일본의 우두머리나 된다는 사람이
바지가랑이에다 똥을 싸놓고
엉큼하게 똥냄새를 감추려는 그 짓거리가
더 더럽고

독도도 문제지만
더 싸가지가 없는 것은
일본의 장관이나 된다는 작자가
함부로 개소리로 짖어대는
그 주둥아리가
더 싸가지가 없고

독도도 문제지만
더 한심한 것은
어찌 적당히 얼버무리면
되는 줄만 알고
한번 게겨 보는 그 알량한 심사가
더 한심하고

독도도 문제지만
더 가소로운 것은

맞아죽을 짓을 저지르고
까맣게 모르는 척
오리발을 내미는 그 양심이
더 가소롭고

독도도 문제지만
더 불쌍한 것은
씻지 못할 일을 하고서
스스로 사람이길 거부하는
대로부터 물려받은
간악한 그 근성이
더 불쌍하다.

백 여시의 둔갑술

-독도 문제

민 영 희

내 어버이 시름시름 잔병 시달릴 때
울타리 사이로 호시탐탐 안채를 노리던
낯짝에 쌍꺼풀 쓴 청상과부 그 백여시.
아양 떨며 재주를 넘었더란다

아버진 재주로 보며 너털웃음으로 넘기고
어머니 곳간 열쇠 힘없이 내주니
밥 짓기 옷 짓기는 물론 아비 수발든답시고
독약을 보약으로 둔갑시킨 백여시 그 뾰족한 주둥이
이빨을 드러내 가세를 물어뜯기 삼십 수년
그동안 어린 자식들 큼직큼직 성장하여
백여시 몰아낼 적
"백여시는 죽을 때도 둔갑술로 세상을 홀리니
아예 껍질을 벗깁시다." 하자,
먹물깨나 들었다는 촌노
"예의 군자지국이 어찌 험한 생각을 한다던가"

외침 내환에 속병이 들어도
겉치레 번지르르 체면 닦기 바빴던
허술한 그 틈새기 비집고
백여시 다시금 뾰족한 주둥이를 들이밀며
쫓겨날 때 미처 못 가져간 꿀단지 돌려달라고
밤낮없이 캥 캐갱캥 짖고 있으니

귀 시끄럽다.

독도

-독도통신 · 1

박 건 호

독도는 섬이 아니다.
우리들의 가슴에 피어나는
또 하나의 조국.
창망한 물굽이를 따라
끊임없이 불어오는 외세의 바람에도
흔들리지 않는 자존심이다.
독도는 우리들의 영토,
세계 지도에는
하나의 점으로 표기되어 있지 않지만
바람이 물결을 애무할 때마다
넘치는 사랑은 바다에 가득하고
아아, 파도는 그 정열 참을 길 없어
하얗게 부서지고 있다.
오늘도 쉴 새 없이 바위에 부딪치며
하얗게 하얗게 부서지고 있다.

독도

박 곤 걸

백두에서 떨어져 나가
바다 기둥을 받쳐 하늘기둥을 세우고
가장 먼저 해 뜨는 쪽에서
파도를 박차고 하늘로 솟아 올라
독도는 두 손 높이 깃발을 저어댄다.

두 주먹 불쑥 쳐들어
온 바다에 해일을 일으키며
온 지구촌의 눈과 귀를 모아놓고
억만 년토록 증언한다.

파도가 몰아쳐 와서
섬의 키를 넘는 해원海原에 발 딛고
태초에 원시의 잠을 깨운 우산국은
역사의 시작과 끝이 하나다.

독도땅에는
흰옷을 좋아하는 사람들이 집을 짓고 살아
독도 백성은 주민등록증이 있다.
주민은 목이 마르면 마실 물이 넉넉하고
배가 고프면 먹을 양식이 넉넉하다.

우리가 의연히

침탈의 검은 밤을 끓어 딛고 일어서면
분명히 동에서 아침해가 떠오를 것이 당연하다.
여기 신령스러운 우산국에
오로지 평화선언을 할 일만이 있을 뿐이다.

독도獨島의 마음

박 세 문

가끔 아이가 속을 썩일 때 있어도
철부지 탓이라 여겨 사랑으로 다스렸다. 어느 땐,
눈치보는 마음이 안타까워 마음 조이기도 했지만
낯가림 탓이라 여겨 덕마저 베풀었다. 아서라,
할애비 턱수염을 뽑으려 하다니.

귀 막고 있자니, 눈 감고 있자니
가슴이 찢어진다. 창자를 도려내는 듯하다.
천불이 난다.

독도獨島

박 영 자

한 점 혈육으로
가지 끝에 매달리듯

오늘 또 깃발보다
싱싱하게 살아남아

풍향을 살갗에 비벼대는
동해의 뽀얀 힘줄

갈매기 끼룩댄다
등불 걸어 놓아야지

꺼먼 밤이 밀리는 밀리는
그 포효 앞에서

북관北關의 눈발을 닮은
노래하는 섬이 하나.

독섬 石島

박 일 동

벼랑 끝에 걸린 파도는
유리조각처럼 부서져 내리고
살을 에는 칼바람이
바다를 몽땅 삼켜버릴 듯한 밤에도
해뜨는 아침이면 독섬은 끄떡 않고
의연한 돌섬으로
어제의 그 자리에 서 있다

독도를 어느 누가
'다케시마'라 하였던가
귀 기울이고 싶잖은 억지주장
그것은 정녕 그들만의 착각이겠지
독도는 수수천년
우리 땅으로 동해바다 지키며
거기 돌섬으로 우뚝 서있던 것을

독도는 때때로 불어오는
미친 바람도 흘려보내고
비바람 불어오고
눈보라 쳐도 끄떡 않는 독섬으로
제일 먼저 일출 日出 맞는

그 자리에 조용히 서 있다.

---

*독섬:독도 이전의 이름, 돌섬이란 뜻으로서 인접지역 어부들의 입으로부터 전파된
데서 유래.

맨 먼저 아침을 여는 섬

박 일 소

푸른 바다 한 가운데
외로이 서서
맨 먼저 아침을 여는 섬
갈매기 날개 끝에
희망을 안고
눈부신 미소로
묵묵히 나라 지키는 섬
독사의 이빨에도
굴하지 않고
맨 먼저 희망으로
아침을 여는 섬

독도

-독섬에 바람이 불면

박 정 래

동해바다 풍덩 빠진
홍익인간 새끼손톱
하얀 반달 손톱눈 뜬
용왕님의 약혼 반지

동도 서도 어울리면
서슬 푸른 춤사위고
반도 독섬 헤어지면
만물 어족魚族 눈물이네

눈 뜨는 날 오십여 일
해동보살 사리 모셔
마음 깊이 이천 미터
바람 불어 눈 감은 날

안 보여도 눈에 있고
못 만져도 손에 붙고
멀리 있는 그리움에
안 만나도 님이 되네

여인아, 슬픈 여인아
-한반도의 운명을 슬퍼하는 비창悲愴

박 정 진

여인아, 슬픈 여인아,
어찌 너는 여인밖에 될 줄 모르더냐.
제 몸에서 떨어진 제 새끼밖에 모르더냐.
기껏 울타리라고 친 것이
오순도순 살아가는 일가친척
아침밥 짓는 하얀 연기 모락모락
애비 없는 자식, 한 자궁 가족이지.
먼 옛날 하늘나라 서방을 못 잊으니
뭇 사내들만 밤낮으로 엿본다.
울타리엔 바람만 분다.
울타리엔 굉음만 들린다.
짓밟히면서도 짓밟히지 않던
놀아나면서도 놀아나지 않던
춘향이더냐, 황진이더냐.
여신이 되려다 창녀가 되고만 금수강산錦繡江山,
하얀 면사포, 섬섬옥수纖纖玉手
차라리 그럴 바에야 아름다움이라도 타고나지 말지.

여인아, 슬픈 여인아, 오만한 여인아,
어찌 너는 네 성姓을 버릴 줄 모르더냐.
네 오만함이 창녀가 되게 했더냐.
네 오만함이 여신만을 꿈꾸게 했더냐.
발가벗고 맨 몸으로 달려들면 살기야 살지.

발가벗고 알몸 내놓으면 살기야 살지.
네 온 몸이 촛불이 되고 기도가 되고
그 촛불이 평화가 되면 좋으련만
주인 없는 집이라고, 서로 주인이라고
뭇 사내들만 밤낮으로 엿본다.
수많은 외침을 당했어도 평화만 생각하는구나.
살아서도 죽어서도 여인의 숲만 경배하는 순정한 여인,
영원히 오염되지 않은 성모 마리아를 꿈꾸는가.
요염하다 못해 성인을 사모한 막달라 마리아를 도발하는가.
홀로 훌륭한 자식 키우는 신사임당을 꿈꾸는가.
내 가냘픈 몸매와 가녀린 하얀 손을 보며
나도 여인이 되어 운다. 아름다운 너를 운다.

새벽에 독도 간다

박 종 일

막내는 독도다
그 분의 심장소리가 몹시 아름답다
뚝탁 뚝탁
누군가 자꾸 자기네 영토라고 우기지만
역시 우리의 영원한 식구다
울릉도보다 먼저 태어난 38개 바위섬
신생대 3기에 생성했다는 460만년 된 화산섬
축구장 넓이의 7배 크기 태양섬
오징어 명태 꽁치 물새알
다시마 미역
민들레 질경이 갯메꽃
지질학적 나이로 따지면 독도는 울릉도의 할아버지 뻘
우산도 삼봉도 가지도 돌섬
해저면 위로 2270미터 솟아오른 청정해역
공시지가 땅값이 2억 7287만원
울진군 죽변에서 뱃길따라 2백리
독도를 지키는 사람들
흙냄새 사랑이 독도로 먹튄다
세상의 입맛을 돋군다

조국의 눈과 귀

박 종 해

천오백 년 오랜 역사의 푸른 두루마리를
온 몸에 칭칭 감고
너는 호올로 우뚝 서 있다.

외로운 섬이 아니라,
조국의 두 눈과 두 귀가 되어
깊은 난바다에 뿌리를 박고
우리 민족의 자존심을 파수하는
거대한 표상이다.

몽돌밭에 철썩이는 감푸른 물결소리
괭이갈매기, 바다제비 우짖는 소리까지도
전송하는 우리 조국의 안테나이다.

두 눈을 부릅뜨고
두 귀를 몰아 세우고
장군바위, 엄지바위, 삼형제굴을 거느리고
맨처음 떠오르는 태양을 맞아들이어
눈부신 빛을 조국의 가슴에 뿌리며
우뚝 버티고 선 장엄한 모습이여!

그립고 그리워서 달려가고 싶은 곳
가서 돌아서도 다시 돌아다 보이는

독도여! 너는 외로운 섬이 아니라
우리 조국의 눈과 귀

저 태평양 너머 오대양 육대주를 응시하며,
언젠가는 꼭 한 번
태양처럼 장엄하게 솟아오를
우리 민족을 가호하는 신의 목소리를
듣고 있다.

독도

박 희 호

조국의 근시
그 눈길로는 잴 수 없었던
산맥이 끊겨 솟은
동해의 외로운 이름이여
조국의 애달픈 이름이여

먼 마을
개짖는 소리에
때 묻은 설움
눈물로 목이 메어
잠 못 드는 이름이여

첩첩이 싸인 고요 속에
흐려진 분노
수궁에다 문패 달아
섬섬한 눈가 맺힌 이슬
칠천 만 소매로 닦으리다.

깨어난 고운 날 빛
침묵의 진노을에도
내 산하
내 하늘
구름 조각 낚을

반짝이며 고인 눈물의 이름이여!

독도

백 기 출

독도는 외로워서
온몸으로
파도를 받아들이고

독도는 괴로워서
알몸으로
파도를 밀어낸다.

독도는
외롭고 괴로워도
대해를 살피는
우리의 초병.

독도의 노래

서 지 월

아아
백두에서 뻗어내린 마지막 핏방울로
태어났음이여

형제들이 날마다 파도소리 들으며
물새소리에 네 소식에 귀 기울이지만
외롭게 멀리 둔 부모의 심정 또한 어떠하리

그러나 한 하늘 이고 있는
우리의 역사는 만주벌판에서부터
말발굽으로 다져진 땅이거늘
그 위에 네가 동해의 끝간데
꺼지지 않는 등불로 오늘에 이르렀음이여

장하다, 장하도다!
북소리 울리며 전진하는 우리는
아리랑 민족인 것을.

독도

송 택 경

물먹은 태양이 솟아오르면
투명한 유리 찻잔 속에 스며든
맑은 꽃향기만큼이나 그리워지는
당신의 이름을 불러봅니다.

당신을 향한 작은 가슴 속에
고통의 호미질로 심어둔 건
땡볕의 혹독함같이 뜨거운
그리움일지도 모릅니다.

외로운 당신에게 다가오는
얼음장같이 차가운 물결은
당신을 가슴 아프게 하는
일본의 망언일지도 모릅니다.

행여나 가슴 속에 고이 심어둔
여름날의 아름답고 고운 열매가
박제처럼 메마른 당신의 가슴 속에서
시나브로 시들고 있는 건 아니겠지요?

언젠가 당신을 다시 찾는 날
엄마의 품처럼 따스한 그곳에
너나할 것 없이 불러모아

풍성한 열매를 또옥똑 따렵니다.

첨병 독도여

신 광 현

하늘 땅이 열릴 때
불덩이로 솟아오른 섬 독도여.

한반도의 유전자로
경북의 탯줄로 자라난 섬 독도여

큰 몸은 바다에 숨기고
동해 먼 바다 홀로 앞서 나가
두 눈 부릅뜨고 첨병으로 서 있네

함부로 범하지 못하도록
거친 파도 다스리며 홀로 의연하네

자라난 탯줄을 기억하라.
첨병 독도여.

독도가 하는 말

신 국 현

1

바람아,
너는 알고 있겠지
침탈의 야욕을 못 버린 야수의 나라를
아무리 서자의 한이 깊다 해도
적자의 나라를 넘보지 말아라
흰 갈매기 춤사위에는
비수가 숨어 있단다.

2

바람이 넘실대고
파도가 출렁여도
내 강건한 육신은
언제나 오늘인데
간악한 말재주 글재주로
잔꾀를 부려본들
근원의 본성이
바뀔 수는 없나니.

3

경고하노라
천신의 하명으로
사악한 속내를 회개하라

노략질로 피멍든
이 나라 이 강토를
혀로 핥고 마음으로 닦아도
풀리지 않으련만
아직도 서슴없이
망발을 되뇌이니
천하의 파렴치한
왜구의 후손들아
젯밥만 챙기다가
금세기 내 재앙을 어찌할거나.

동해의 첨병 독도

신 군 선

울릉도의 장자바위
바다 매복한 대한의 용병勇兵
달빛 젖은 외로움 시구詩句로 달래다가
새벽잠 깨운 일출
온 바다 도금한 채
갈매기 비상 천국 만선으로 나부끼며
어부가 읊고 앉은 평화로운 바위섬

일본의 정치 망언 울분 토하다가
파도 불끈 치민 분노
현해탄을 건너갈 듯
혼불 켠 천둥소리 36년 되씹으며
칼날 세운 고함소리 일본열도 들먹인다
듣거라 보거라 태극깃발 펄럭이며
태평양 바라보면서 현해탄도 투시한다

하늘 높이 솟아오른
비경秘境의 갈색 침묵
억겁의 풍상 들고 우호의 손 흔들건만
제 버릇 못 고친 강탈야욕
귀담아 새겨듣고
칠천 만 염원 담아
동해의 첨병尖兵으로 영원하리

독도여 이젠 말해 주

안 도 섭

1

홀연 독도 위
샘멸*에 폭탄 하나 날아왔지

천지 뒤흔드는 소리,
울릉도 미역 채취 마치고
독도로 가 일하던 궁장환 선장
놀라움에 물 속 뛰어들어
사방 휘둘러보니

세 대의 비행기
섬 동쪽 고기 잡던 어선에
웬 폭탄 세례인가

다른 비행기 뒤이어 날아와
연이어 폭탄 떨어뜨리고

악귀 몰린 바다같이
또 다른 편대기 날아와
불덩이 분탕치고 사라졌네

2

섬 둘레는

미친 바람과 화약 냄새로
간담 한 움큼이었네

두려운 바다와 하늘
다시 기총 소리 귀를 째고
바위와 배 위에 총포 비 오듯 했으니

그가 물 속에 몸을 잠가
아차 하는 사이 밥 짓는 해녀
등에 총알 맞아 널부러지고

그 날름한 바위에는
다리와 팔이 나간 시체 나뒹굴어
뿌연 바닷물 철썩이는데

무슨 재앙인가
삽시간에 소름 끼치는 바다
배의 파편과 시체 더미 떠도니

3
해방된 지 3년
미군정에 항의 빗발치자

미 극동항공대 밝히기를

'6월 8일의 미군 비행기 폭격은
우발적인 일로
14명의 어부가 사망한 곳은 폭격 연습장인데
미국 항공대는 이날 총격 행동이 없었다'는 발뺌이더니
사건 열흘 뒤에야 '우연한 불상사'라고 얼버무리고

이 무슨 수작,
'독도 근해의 B29 폭격 연습 때
고공에서 해상의 어선을 보지 못했노라'고

시종 오리발 내밀던 미군은
7월 8일에야 딘 장관의 뚱딴지 같은
소청위원회의 보고서라니
항의하는 목소리 뭉개며
안개 피우니 의혹은 더 큰 의혹 낳을 뿐

그렇지,
미군이 보았다는 '원에 별 표식' 인정한다면서
표식보다 몇 십 배 더 큰 어선을
못 보았다니 무슨 잠꼬대인가

현장 목격자의 증언과
배의 트렁크 뚫린 구멍이 말을 하는데

그때 정부와 언론은
미군 비행기 만행을 어마지두 넘어 갔것다

이 의문의 수수께끼
1995년 가서야 시원히 밝혀지니
장학상과 공두업 두 어부는
'당시 80척의 배가 조업 중 포격을 맞았는데
한 척의 배에는 5~8 명의 어부가 타고 있었다'는 것이어늘

   4
아아, 일제에 앗긴 억울함 말고
살쾡이 발톱 할퀴인 일밖에
무슨 죄 있기에

일제의 사슬 벗자
새로운 점령군의 전폭기에
죄 없는 어민 불벼락 맞고
말 못하고 설움 삼킨 반 백년이라니

독도 그 바위 아래 오막살이집,
어린 아이와 손 부르튼 아내
허기진 몸 가누며
님 기다리는데

독도여 이젠 말해 주!
어부 죽인 나라의 비행기
죄 없는 사람에게 총 겨눈 병사의 국적을

5
땅을 기는 개미 한 마리,
길가 나부끼는 한 포기 풀꽃,
풀잎 아롱이는 한 방울 이슬도 소중하거늘

섬나라 독종의 뒤 이어
해방군으로 왔다는 그 미군
무삼 죄 있기에

그 풍랑 이는 바다에 배 띄어
끼니 잇는 어민
팔 자르고 다리를 내동댕이쳤는가

독도여, 이젠 말해 주.
새로 고개 드는 마귀 넋신
너를 '다케시마竹島'라고 떼쓰는 허깨비에게

이 대낮 땅굴 기어 나오는 살무사
그 독니 뽑아내는
큰 한 소리

독도는 내 등뼈라고
천지 뒤흔드는 우레 소리 두렵게
한 번 또 한 번 외쳐다오!

------

*샘멸: 독도 내의 지명

엄마가 섬 그늘에 굴 따러 가면

안 용 민

하나 둘 셋 넷
서로 번갈아 세어 주며
파도를 따라 동요를 부르고,

쫓기듯 "꼭 다시 오마." 약속하며
팔려간 할아버지와 끌려간 아버지가
번갈아 이름표를 붙인 정겨운 오뉘 섬.

강제로 한복이 벗겨지고
대마도의 정조를 빼앗아
기노모가 입혀진 지 오래.

멀지 않은 옛날
흡혈마들은 섬에서부터 몰려와
생혈을 막 시작한 어린 아이의 피까지 빨았지.

지금도 그럴 건가.
너희는 거기서 꼼짝 마.
우리에겐 마늘과 십자가가 있다.

호랑이의 연인

안 재 동

홀로 사는
토끼의 연인을 탐하며
골백 번 구애 신호를 보내도
되돌아오는 건
철썩이는 파도소리뿐

"저건 내거."라며
혼자 벽보를 붙이고
이웃사람들에게 떠들어도
메아리조차 없는 공허함뿐

아예 보쌈이나 할까?
아서라, 잘 보거라.
얕보지도 착각하지도 마라.
토끼의 연인이 아닌
호랑이의 영토에 사는
호랑이의 연인이니까.

독신도 독신 나름
도선생따위를 겁내랴.

독도여!

-나를 흔들어다오

안 혜 초

밤마다 네게서 피어난다
나는 누구인가 그래 그래
어떻게 살아야 하는가
무궁화 불타는 가슴으로

새벽마다 네게서 깨어난다
따사로운 햇살 한 줌에도
쉬이 잠들어 버리고 싶은
나의 게으름 나의 나약함
흔들어대는 그 남쪽 바다
시푸러이 노한 물결로

눈 감으며 눈 뜨며 기도 드린다
대한의 섬 대한으로
길이길이 보전케 해주십사고.

오! 독도여

양 숙

온갖 파도 바람 쉬어 가는 곳
온갖 새 물고기 둥지 트는 곳
겨레와 역사 이래로 함께 했던 곳
오랜 동안 마음으로만 보내왔던 따뜻한 가슴
백년 전 잠시 속으로만 보냈던 따스한 눈길
이제는 만천하에 드러내 놓고 말합시다
독도는 우리 것이며 내 분신이라고
우리 모두

길 가다가 잠시 어린 자식 손 놓았더니
옆에 있던 사람 자기 자식이라 우길 때
가던 길 멈추고 호적등본 떼보이며
온 동네 사람들에게
내 자식이라고 설명하는 것은
우스운 일

그 누구든 자기 자식이라 우겨도 대꾸맙시다
자식 없는 사람이 데려가지 못하도록
말도 안 되는 소리에 일일이 답할 기운 모아
무슨 일이 있어도 다시는 손 놓지 않도록
힘을 기릅시다
정성들여 키운 그 어린 것이
더 큰 세상의 발판이 될 것임을

확신합니다

가슴에 품고 기릅시다
가슴에 안고 키웁시다
내 자식임을
사랑하고 있음을
속으로만 여기지 말고
품에 안고 늘 표현하여
모두가 알아볼 수 있도록
뚜렷하게.

우리 독도獨島

여 한 경

……우리 독도獨島를 다께시마竹島라꼬?
아아나! 고얀아!
대나무竹는 울릉도鬱陵島에 많은데……

독도야!
말좀 하려무나. 왜 이리도 시끄러우냐?
영겁을, 바위로 굳어버린 입이나마 열어

흰옷 입고 농사나 지으며, 때로는 활 들고
사냥하며 때로는 낚시 들고 물고기나 낚으며
사람의 길 찾아 살아오신 할아버지 땅- 한반도에 나는
신라 때부터 아니
태고 적부터 몸을 맡겨왔노라고

새카만 사탄의 혀 같은 칼을 휘두르면서
남을 침범하려는 해적 같은 군국주의자들에겐
부릅뜬 호랑이 눈을 하고서
한번도 몸을 맡긴 적이 없었노라고

저 푸른 바다와 맞붙은 푸른 하늘을
평화로이 떠가는 저 하얀 구름들
저 어지러이 걀걀거리며 네 허리둘레를 날고 있는
갈매기들도 답답하구나!

너와 가까운 서쪽의 할아버지 땅엔, 또
너의 어머니 섬- 울릉도엔 영겁을 봄부터
따뜻한 바람 불어 보내고
멀리 동쪽
칼을 휘두르는 군국주의 침략자들 땅엔 영겁을
가을부터 찬바람 보냈다는 사실도
말좀 하려무나.

태고적 사람들이 따뜻한 곳 찾아다녔다는 사실을
아는 사람들은 스스로도 아는 일이지만
남의 말을 들어야만 아는 저 철부지들에게는
분명하게 말을 좀 하려므나. 아니
따끔하게 꾸중좀 하려므나.

태극기만 흔들고 있는
우리의 독도야!

독도

오 남 구

파도와 밤마다 바람이 부는
조그만 우주의 몸,
온 국토라도 다 껴안고
무덤의 환한 白骨들을 지고 간다.

전봉준의 폐 앓는 소리 산골짝에서
심청의 머리 빗고 선 바닷가에서
류관순의 피구름 토해낸 하늘 끝에서

獨島, 獨島
거울길이 피 비치고 風葬으로
바람이 부는 몸뚱이 울지 않고,

밤마다 바람이 부는 밤은
빛나는 白骨들을 지고 간다.

독도야!

오 정 교

조용히 침묵으로
백두대간의 맥을 잡고
역사의 수레를
수 억만 번 돌렸거니
감히 누가
어리석은 잠꼬대로
그대를 유혹하는가.

독도야!
예로부터 도둑 근성
세 살 버릇 버리지 못하고
곡물이든 문화재든
사람까지 도둑질 해다
군국주의 재물로 삼더니
그 교활한 술책
지금은 그대까지 넘보는구나.

독도야!
너는 물밑으로 흐르는
반도의 정기를 받아 이제껏
역사의 풍랑을 헤치고
어떤 유혹에도
그 순결을 지켜 왔노니

누가 그 이름을 바꾸랴.
누가 그 혈통을 도둑질하랴.

독도야!
삼천리 금수강산
아름다운 나라, 대한민국
동해의 오누이 나란히
칠 천만 겨레의 눈이 되어
태극기 휘날리는
파수꾼이 되거라.

독도야!
정의는 이기는 법
이기고야 마는 법
땅 따먹기 섬놈의 근성
버리지 않고서는
진정한 이웃은 아닌 것을
그 어느 누가
세계의 질서를 그에게 맡기랴.

독도야!
그가 양심의 붓을 들고
진솔한 사죄의 손
내밀 때까지

우리 눈을 크게 뜨자.
밀려오는 저 풍랑을 막자.
너는 역사의 수호신,
영원한 우리 땅인 것을.

독도를 자연 그대로 있게 하라

오 정 방

독도, 울릉도의 부속 도서인 독도는
절대로 협상의 대상이 아니며
절대로 협상의 조건도 아니다.
거듭 거듭 촉구하거니와
조용히 있는 독도를 자꾸 들먹거려
어진 백성들 심기 어지럽히지 마라.
금년으로 8·15 패망 60주년을 맞는 일본이
꾸준히 독도 영유권을 주장하더니
급기야는 서울 한 복판에서
일본정부를 대표하여 파견된
주한 일본대사의 입을 통하여
'독도는 명백한 일본땅' 이라고
스스럼없이 망발을 내뱉다니
하늘의 두려움을 저버린 일 아닌가.
역사의 준엄함을 망각한 일 아닌가.
처음엔 독도가 제 땅이라고 하다가
울릉도를 제 영토라고 하다가 마침내는
한반도 전체를 자기네 국토라고 억지 쓸
인면수심의 못된 왜구들이 아닌가.
건드리지 마라. 속을 뒤집지도 마라.
우리 선열들이 주검에서 벌떡 일어날
그런 경거망동을 일본이여 즉각 중단하라.
독도를 자연 그대로 있게하라.

독도를 역사 그대로 있게하라.

무엇이었을까?

-독도에 부쳐

왕 영 분

창가에 빗방울 흐르는 날
고독에 몸부림치고 있을
너를 생각한다, 참나리, 동박새.

영혼이 맑아 늘 외로웠던 너
찾는 이 없이도 잘도 피고
외곬으로 진실만을 잘도 노래하더니,

하나, 둘……
모든 이의 기억에서 사라질 즈음
저들의 망언은 우리를 일깨워 주었구나.

무엇이었을까?
우리들을 분노케 한 것은,
당연이라는 믿음이 잘못이었던가.

이제 대궁은 말라 비틀어지고
쉰 목소린 피를 토하는구나,
분노의 파도 포말되어 키를 재려하는데.

잊지는 말아야겠지.
이름모를 새도 쉬었다 가는 안식처,
조상 대대로 물려받은 땅 덩어리,

뺏기지는 말아야지.
너와 나 우리 모두의 氣가 하나되어
다시는 넘보지도 못하게,
다시는 생떼도 못 쓰게,
우리 그렇게 힘을 모아야겠지.

독도의 꿈

우 금 수

태양을 얼싸안고
황금비늘 일렁이는 푸른 바다에
파도의 흰 포말을 건져 먹으며
절묘하게 조화 이룬 고도.
혼자는 외로워 어깨동무하는
동도와 서도가 마주하는 독도.

동해의 신비를 안고
기찬 내일을 꿈꾸며
갈매기 나래에 폭삭 안긴
평화로운 섬,
깎아지른 바위 위에 떨어지는
낙숫물 소리 들으며
외로움을 달래는 국토의 막내
우리의 땅 독도.

동도 서도 돌고 돌면
물개 추억 간직한 물개바위
삼면이 다 뚫린 삼형제바위
장군의 위용 넘치는 장군바위가
꿈꾸는 독도를 지켜
고독을 몰아내고

플랑크톤이 풍부한 황금어장에는
오징어 줄돔 자리돔 뜀박질하고
미역 김 해초 춤추는 곳엔
해저의 신비로움에 안긴
소라 전복 해삼 게 무리들
천혜자원 널려있는 수중의 보고,
우리의 독도.

하루 한 드럼의 생명수가
바위섬에 생기를 뿜어내면
부지런한 바람은
불씨와 작은 생명을 날라와
민들레 등불꽃 섬장대로 경이롭고
곰솔 죽사철 동백 아가씨 자생하는 곳.

남실바람 노대바람 벗 삼아
흑비둘기 노랑발도요 떼지어 노니는 곳에
철새들 모여들어 둥지를 트는
바다새의 요람,
환상의 섬 독도.

이 거룩한 꿈의 전당을
넘보는 자 누구뇨?
왜구의 소유권 주장이 일 때마다

무릉도원인 우산도는
뜨거운 격분에도 말 못하고
얼마나 가슴 조이며 울었던가.

비탈 능선 토끼풀로 연명하며
내 나라 내 땅 지켜온
독도 수비대, 무명의 애국자들.
그럼에도 아직껏
천인공노할 일본의 망언은 이어지고

250만년 숱한 풍파에
암울한 아픔으로 신음하며
반도의 태동을 등댓불에 실은
민족자존의 등불 한반도의 첨병.
웅비의 큰 꿈 가슴에 안은
배달민족의 불침번 독도,
민족혼 일깨운
영원불멸의 충혼이여.

독도는 꿈꾼다.
바다와 하늘이 몸을 섞는
멀리 수평선 바라보며
이 한 몸 불사뤄
통일의 불꽃 활활 타오르는 날

가슴 뜨겁게
뜨겁게 태양을 안으리라.

독도

-한반도의 분신

위 초 하

한 번 가본 적 없어도
낯설지 않는 정다운 섬
제 자식을 지키며 죽어가는 가시고기가
희구하는 것처럼
하늘 향해 나란히 누운 시원의 독도
아득한 동해에 우뚝 솟은 멧부리
백두산의 정기가 어리어
망망대해에 있어도 외롭지 않다
내 육신이 묻혀서
해풍에 잘려나가고
땅속 구더기들에게 먹이가 되어
봄이면 이름 모를 들꽃으로
나비와 벗하여도 좋은 곳
한반도의 탯줄에 엉긴
분신을 향한 염원을 질타하는 이 그 누구인가
바위섬 해수면으로 얼굴 내밀 때
한반도는 자식을 해산하는 눈물을 머금었고
눈보라와 비바람도 함께 하였는데
제 자식이라고 우기는 눈뜬장님이 애달프다
오욕에 분노하여 청춘을 바친 이들과
귀밑머리 하얘지는 줄도 모르고
꽃 지고 열매 맺는 허공만 바라보니
낙화의 울림도 서럽기만 하여

촉촉이 머금은 수묵의 빛깔은
질펀한 사유의 길 수 놓는다

아 검은 그림자여

유 재 남

보이지 않는다고
보지 못하는 것은 아닐진데
들리지 않는다고
듣지 못하는 것은 아닐진데
눈이 없어 볼 수 없는 것인가
귀가 없어 듣지 못하는 것인가
가슴이 없어 느끼지 못하는 것인가
아니면 보고 듣고 느끼면서도
우기고 보자는 것인지
오늘날 이런 일이 있으리라 그 누가
상상이나 했을까
연극도 희극도 아닌 아집을 더 이상
들어줄 수 없을진대
바람은 온 몸속을 휘젖고
결국 남는 것은 허무뿐이라는 것을
일본인 그들은 알고 있을까
오늘도 뜨거운 열꽃이 하나 둘 솟아난다

독도獨島의 햇살

유 창 섭

몇 날, 휘몰이 바람 속
헝클어진 내 잠의 모서리에
시뻘건 동해의 햇덩이를 안고
두 개의 바위섬이 솟구쳐 올랐다.

사철 바람을 안고 사는 섬을 흠모하던
왜인倭人들에게
짐짓 등을 돌려대고 앉아
출렁이는 파도를 일구며 육지로 육지로 헤엄쳐
밤마다 꿈을 열고 내게로 달려오던
그 바위섬에선
갈매기도 한국어로 노래한다.
파도도 한국어로 춤을 춘다.
바람도 한국어로 집을 짓는다.

그 숱한 세월,
모국어의 햇살로 달구어지고 파도에 씻겨져
다듬어진 바위섬.

수천수백의 성상星霜을 감아쥐고
동해의 중심을 잡아
우리 가슴의 짙푸른 표상表象으로 자라오더니
이제, 섬은

외로움의 겉옷을 벗는다.

대한민국 독도

윤 고 영

아침에 눈을 뜨면
천지가 들썩거린다
새봄맞이 수런거림도 아닌
일본국에 정신모호한 사람들이
우리땅 독도를
저네땅이라 우기는 모양

섬에서만 오래 살다보면
섬처럼 생긴 것은 모두
자기것이라 떼를 쓰는
고약한 치기의 풍토병이 생기는 법
우길 걸 우겨야지 열병 저리가라는
그러한 병엔 치유의 약도 없느니

우리나라 정치인들은
가끔씩 그럴싸한
정치적 모양만 찾다보니
국민의 자존 걸린 일엔
아뿔싸 그만
꿀먹은 벙어리가 되었구나

이제 독도문제를
위정자에게 맡길 순 없는 일

정신 맑은 문사들이 앞장을 서자
국내에서 또는 해외의 곳곳에
우리의 문화에 혼을 입혀
저들의 억지를 만방에 알리는 일

독도에 정기행 뱃길을 뚫고
날마다 우리땅 술래 돌며
춤과 시마당을 열어야 하노니
저네들 냄비근성에
함께 북을 두드리지 말고
성숙한 어른처럼 느긋하게 바라보자

독도는 우리 땅이어라

윤 학 재

우리의 것이면서 오랜 세월 버려졌던 땅
바다 가운데 외롭고 슬프게 살아온 고도
그를 홀대한 우리들이 한없이 부끄럽구나

동해의 거센 파도 부서져 자리잡은 외로운 섬
있는지 없는지도 모르게 버려진 채 살아온 너
이제 와서 독도는 우리 땅이라 부르고 있구나

바다 건너 해적들이 너를 빼앗아 가려 대들면
두려움 갖지않고 당당한 모습으로 소리치며
사랑하는 우리조국 대한민국의 자식이라고
이제와 늦었지만 못난 부모가 너를 품으련다

바다에서 솟는 해가 너를 보호해 주었고
파도 타는 갈매기가 너의 벗이 되어왔지
파도야 울음 멈추고 바람아 잠잠해져라
긴 세월 통한의 눈물 쏟아온 외로웠던 섬
우리 이렇게 무릎 꿇고 용서를 빌고 있다
너는 태어날 때부터 우리의 피붙이였고
세월이 가도 영원히 우리 땅으로 남으리
억만 년 이어나갈 천혜天惠의 바다 보물섬
독도는 우리의 땅 대한민국의 영토이어라

독도獨島는 독도督島다

이 광 녕

꿈속에 입맞춤이 바람 불어 차가운 날
막내의 서러움이 수평선에 깔려 있다
동햇물 흔들지 마라 멍든 가슴 터질라

하늘 닿은 태극 기운 뿌리 뻗은 배달의 혼
천기를 받아 먹고 거친 파도 고르면서
칼바람 모진 세월을 알몸으로 지켜왔네

남의 것 넘보면서 떼를 쓰는 날강도야
침탈 근성 허리 차고 먹구름을 끌어당겨
탯줄을 자르고서야 속이 후련할 터인가

얕보고 칼로 치면 한반도의 피가 솟네
망망대해 한가운데 오똑 솟은 땅지킴이
외로움 뒷발로 차며 꿈쩍 않고 버티려네

독도·1

이 무 권

봄날 정원의 잡초를 매다가
꽃들 속에 뒤엉켜 있는 쑥대는
차마 뽑아내지 못했습니다.
쑥이 아까워서가 아니라
아끼는 야생화가 상할까 두려워서입니다.
툭하면 남의 땅이나 엿보는
교활한 이웃을 아직도 용납하시는 뜻은
악한 자를 도우려 함이 아니라
선한 이웃을 보호하려는 배려라는 것을
비로소 조금은 알 듯도 합니다.
아득한 바다 복판에 외로운 섬 하나 주신 뜻도
이 작은 섬 하나 지킬 힘이 없다면
겨레도 국토도 허락하지 않으시겠다는
절박한 과제인 줄은 짐작하고 있었습니다.
그런데 정작 서러워야 할 이 작은 돌섬은
오늘의 기상을 아는지 모르는지
끝내 미동도 않고
갈매기떼만 역풍을 거슬러 날고 있을 뿐입니다.

독도는 낭만이 아니다

이 생 진

독도는 낭만이 아니다

일본 정부가 독도를 다케시마라고?
일본이 우리 가까이 있다는 사실이
얼마나 불행한 일인가

3월

2월을 채우기도 전에
3월이 오는구나

일본의 야심은 100년 전 그대로인데
자꾸 찢고 찢기고 갈리고 엇갈리는 나의 조국
일본은 또 무슨 생각으로 칼을 가는가
'독도'가 우리 땅인 줄 몰라서 그들이 다케시마라고 하는가
내가 한국인인 것을 몰라서
내 이름을 일본 이름으로 바꾸라고 총칼로 위협했던가
말 못하는 '독도'를 위협하는 일본의 창씨개명설
침략의 근성을 버리지 않는 한
또 언제 우리 이름을 일본 이름으로 바꾸라고 위협할지 모른다

동해바다

3월이면 떠오르는 불행한 먹구름
동포여!
기다란 독립선언서를 읽기 전에
짧은 '독도'를 읽어라
독도는 낭만이 아니다

獨島別詞

李 秀 和

無主塚이었으랴,
바다는 蒼茫하고
수억 년 비바람 속
象牙質의 눈까지
髑髏다
女體라면
넋조차 밤낮을 울어
걸핏하면 당하는 强姦(!)
토막난 배암이 有史以來
邪戀의 혀
날름대고 있나니…….

독도

이 시 환

아무렴, 외딴집에 살다보면
오가는 이들이 쉬이 넘보게 마련이고,
바람을 타도 더 타게 마련이지.

아무렴, 왜인倭人조차 탐을 내는 것은
보잘 것 없어 보이나 네 야무진 속으로 숨기고 있는
뿌리 깊은 지조志操를 알기 때문이라.

그러나 흔들리지 마라. 외로워하지 마라.
너를 그리며 사는 이가 얼마이고,
너를 우러르며 맞는 이가 얼마더냐?

정녕, 너는 반도의 눈眼이고
우리들의 아침이니라.
정녕, 너는 대륙의 머리首이고
우리들의 중심이니라.

-2005. 03. 25. 23:03

독도 수호신

이 양 우

獨島가 있는 한 萬年倭敵은 사라지지 않는다.
하늘이 박아놓은 영원한 怏宿의 徵標.
오죽하면 文武大王께서
水中陵을 원하셨겠느냐.
철천지 원수들을 지켜내려고
오늘도 바다 속 무덤에서
원혼은 잠들지 못한 채로
파도치고 계신단다.

"알겠느냐? 왜놈들아."

독도

이 은 심

이쪽에서 끌어당기고
저쪽에서 끌어당기어

괴롭게 덜컹이는 바위섬은
튀어오르는 오만한 햇살과 대화하며
고도의 외로움을 달래어봅니다

대해를 떠도는 갈매기들은
잠시 작은 발을 모아 앉은 자리를
제 땅이라 서로 주장하는데

저 대양의 지붕은
고요의 정밀에 푸른 빛이 납니다

누덕 누덕 물새똥으로
오랜 망각을 덮어버린 검바위는
소란스러운 한나절을 잊으려
파도소리에 물개처럼 발을 씻고

이쪽에서 외치고
저쪽에서 외치어

종일 흔들리는 바위섬은

대륙붕 기슭에 닿은 뿌리의 아픔으로나
생존의 의미를 수초처럼 부대껴봅니다

독도의 바람소리

이 의 웅

쪽빛 바다 파도를 넘어 우뚝 선 바위섬
하늘 우러러 기도를 올리고 있는 모습
여기 아무도 근접 못할 신령이 있나니

는개 빗속 운무 자욱한 바다
하늘을 향하여
비상하는 갈매기의 저 날개짓
여기 자유와 웅비의 기개가 넘치나니

바닷바람 밀치고
바위틈 솟아오른 파란 눈빛 같은 저 풀잎들
여기 끈질긴 생명의 존귀함이 있나니

신령과 자유와 존귀가 넘치는 우리의 땅
누가 감히 여기 넘볼 수 있으랴

깎아지른 두 바위 사이
무시로 돌아 나오는 저 바람소리
지엄한 저 소리
우~ 우~ 여기는 아름다운 대한민국 땅이거니

독도타령

이 인 해

쪽바리들은 심심하면 독도타령인데
원체 사무라이武士 정신이라는 거
따지고 보면 그것도 선비 사士 자가 들어가니
선비정신일 텐데
그런데 저들 역사를 보면
즈들 끼리도 뺏고 또 뺏기고
짧은 권력주기의 시달림을 겪어
언제 누구의 칼끝에 죽을지 모르고
언제 화산이 터질지 모르는
불안 그 자체의 정신구조를 살아 왔거든!
오죽하면 애들 교과서까지
서슴없이 거짓말로 써서 가르치겠나.
즈덜 정신은 애당초 제대로 되질 못해서
여자들은 한국남자를 선망의 눈으로 바라보고
사내새끼들은 한국여자 좋아하는 거 아닌가.
그러니 우리 국민이 버젓이 살아 지키는 땅을
왜 심심하면 즈들 꺼라고 헛타령하는지.
알면 대꾸할 것도 없는 것이여!
대꾸할 것도 없이 그냥!
우리도 정신차려 핵무기 만들든지 해야 해.
쪽바리들한테는 그것밖에 줄 약이 없다구.

그 비굴한 침략정신을 뭘로 막는다는거여, 시방!

獨島記

이 정 숙

독도야 어디 보자 淸波로 뱃길 열어
육지는 點綴로 그림자로 새겨두고
오래된 연인들처럼 그리워만 하였구나.

바위섬들 옹기종기 예쁘게도 사는 것이
하나 몸 바다 담고 東島 西島 나뉘면서
바다새 사랑노래에 날 저뭄도 몰랐겠네.

독도에 봄바람이 파랗게 새순을 틔우면
조선의 地形圖가 또렷하게 살아나는
不變의 天地創造物 어김없이 우리나라야.

사람 아니어도 慾心이 없었을까
태양의 첫 純潔을 제일 먼저 耽溺하는
영원한 동해에 秘境, 欽慕의 저 독도를.

우리의 독도야

이 창 년

1961년 8월 울릉도에서 달포쯤 머무렀는데
독도에 갈 기회가 생겼다.
당시 소형 경비정으로 울릉도에서 여섯 시간 걸렸다.
멀리서 바라보니 큼직한 바위 두 개가 바다 위에 떠있었다.
독도에 닿아 겨우 접안하여 거친 벼랑길을 로프 잡고 올랐다.
해가 머뭇 구름으로 얼굴을 가리더라.
강아지풀이 살랑살랑 아는 척하고,
갈매기는 휘어날며 끼룩거리더라.
사방을 둘러봐도 눈 닿는 곳은 오직 수평선뿐
독도는 외롭게 태극기만 흔들고 있었다.
마치 버려두었던 자식 찾아간 애비 마음이 이와 같을까.
아쉬운 마음으로 돌아오는데
경비 경찰관들의 흔드는 손이 멀어지면서
가슴이 텅 비고 스스로가 매정하게 느껴졌다.
부끄럽고 미안하고 죄스러운 까닭을 묻지 마라.
고맙고 대견하고 자랑스러운 이유도 묻지 마라.
이 나라 한 때 침탈당한 치욕의 자괴로 고통 받을 때
네 서러움도 함께 하였어라.
이제는 외로워마라.
누가 뭐래도 개의치마라.
이 땅에 다시는 오욕의 역사를 만들지 않을 것이다.
사랑하는 우리 독도야.

독도의 갈매기

이 효 녕

가슴 속으로 푸른 바다가 들어온 뒤
연인처럼 독도가 가슴에 들어왔다
파도로 젖어드는 갈매기 숨죽이며 날아
지옥의 순간에서 삶으로 솟구칠
지금 내 비상의 순간도
그들의 억지는 파도의 슬픔이다
36년 동안 몸이 묶여 날지도 못하다가
다시 내 섬에서 그렇게 자유롭게 날았는데
이제 다시 일본 놈들 앞에서 날갯짓한다면
정말로 숨이 막혀 바위섬 제 집도 찾지 못해
살아갈 날들이 너무나 아득하여라
그래도 바람에 휘날리는 태극기 바라보며
고독한 순간도 잊고
우르르 시간을 거슬러 마음 편하게
내 땅 내 집 위로 힘차게 날았는데
이제 다시 노략질하려는 몸짓으로
내 집 바위섬을 통째로 달라하니
이 어찌 통한의 망발된 침략이 아니랴
지금 내 비상의 순간도
그들의 억지는 파도의 슬픔 어린
분노의 물결이다

귀 있는 자는 들을지어다

이 희 재

암흑의 세력 쫓는
새벽 햇살의 첫 기항지
독도는 한민족의 자존심이다.

들을 귀 있는 일인日人들은 들을지어다
비록 돌섬일지라도 침탈侵奪의 야욕을 받아들이는
홀로 선 섬이 아니라
그대들 체취조차도 거부하는
어엿한 우리들 한민족의 땅임을…….

36년 지배만으로도 역겨운 수치인데
또다시 그대들 더럽혀진 발길에
짓밟혀서는 안 되는 거룩한 섬임을…….

무주의 땅이 아니라
역사적으로나, 실존적으로도
칠천만 민족의 자산임을…….

1919년의 울분에 찼던 함성을 잊었는가
거창했던 항일의 불길이
지금 또 다시 타오르고 있는 이 현실을 외면하고
얕은 꾀로 마비된 양심 팔아먹는
그대들 왜인들이여,

알아들을 귀 있는 자들은 들을지어다.

임진왜란의 7년 전화로 짓밟혔고
피살당한 원혼들의 원성이 들리지 않는가?
백 년 전 강압적인 강탈행위로 인한
경술년 국치國恥도 기억하고 있음을 새겨두라.

그대들
선한 이웃, 진정한 이웃으로 남으려거든
협량狹量의 '혼네'의 두터운 탈부터
먼저 벗어 던지라
한민족의 대의 앞에는
강자 앞에 비굴하고, 약자 앞에 강한 체하는 근성을
저버릴 때
새로운 협력과 화해의 장이 펼쳐짐을 알라.

우리들은
한 치의 땅도, 한 그루의 나무도
날강도들에게 탈취당할 수 없다는 당위성을
지키기 위해
어떤 희생 대가를 치르더라도
독도를 지켜갈 것임을 만방에 선포하노라.

내 이름 독도

임 솔 내

내 평생은 동토의 부표.
너희는 날 바라만 봤지.
난 너희를 숭배했느니라.

수수천년
날마다 네쪽으로 태양을 수중분만하며
가슴 안쪽이 뻐개졌느니.

저린 내 아랫도리 톺아 주는 건
가슴께까지 차오르는
검푸른 파도였느니.
아니, 가끔은 구름 내려앉아 줬느니.
괭이갈매기의 분뇨로 화장께나 했었느니.

오뉴월도 시린 동해에 몸 담그고
나는 옛 그대로인데
이제사 하나된 너희의 분노가
내 돌가슴 치는 날 되었나니.

어느 날부턴가
하늘로만 자란 내 시린 뼈는
심해의 깊은 길 너희의 배꼽에 닿았느니.
너희 없이 나 없느니.

망망해에 솟아 아픈 내 몸은
너희 얼로 목을 축이노니.

살았고나, 살아있었고나.
너희와 내가 한 탯줄로 살고 있었고나.
태극이여, 한반도여, 내 어머니여.

독도를 넘보느니

임 영 준

허술한 구들장
대들보나 챙길 것이지
어찌 이웃을 넘보는가.
속내가 구린 날강도들,
누울 자리를 보고
다리를 뻗어라.
재앙이나 대비해라.

독도야

임 정 은

동해바다 외딴 섬.
그러나 외롭지도, 약하지도 않은
강한 바위섬.
칠천만의 심장에 뜨거운 피가
파도치며 달아오르는
겨레의 보물섬.

반만년 해풍을 다스려온
바다의 군주여! 지금
寶庫에 도둑이 침탈하려는,
그 낌새를 알고나 있는가?

단단히 무장을 하거라.
그리고 그들에게 이렇게 말해주렴.
하늘을 우러러 한 점 양심이라도 있거든
지진의 대국
제 집 앞마당이나 잘 지키라고.

독도는 우리 땅, 우리의 눈

-독도를 다녀와서

임 종 린

동해의 거센 파도
부서져 자리잡은
천혜天惠의 보고寶庫
여기는 분명히 우리 땅
대한민국의 영토, 독도다.

독도를 사랑하는 국민들이
역경에 불을 밝혀
늠름한 모습으로
더 굳건히 자리를 잡았다.

자랑스러운 독도 지킴이들아,
우리 땅, 천혜의 보고
대한민국의 영토
독도를 굳게 지켜
끝없이 뻗어나가
별처럼 반짝이며
우리 바다 지키는 눈이 되어라.

시인과 독도

장 종 국

벌거벗은 시인이
꼿꼿이 버티고 서 있소

동녘에서 뀌어대는
오장이 뒤틀리는 바람을
밤새 퍼 마시다
아침이 되면 거품 토하며
헛구역질하는
시인이 서 있소
갈매기 나래깃으로
햇덩이 물기 말리느라
지친 시인은 꿈을 꾸고 있소

서쪽에 사는 사람들은
코 골며 잠든 시인을
본 체 만 체 거드름만
피워대고 있소

시인의 텅빈 뱃속에는
밤하늘의 별똥별이 가득 찼소
동녘 망각의 파도 속에
보일락말락 가냘픈
시인이 앙상하게 서 있소.

내 영원한 가슴의 독도여

장 찬 영

내 자궁 안에서
고이 자라 아끼던 것을
왜놈들은 어째서 통째로 삼키려드느냐
너희 치하에서 슬픔을 이기며
내 가슴에서 자라 넓은 바다가 되고
거기에 그리움으로 자란 섬
마음은 한 척의 배 되어
망망대해 누비고 찾아가면
혈육을 알아보고 웃음 짓는 섬
어째서 내 것을 왜놈들은
다시 약탈하여 그냥 가져가려 하느냐
세찬 파도에 휩쓸리면서
그래도 그리움으로 기다려준 섬
혈육 발길 끊어져 있어도
외로움에 지치지 않고
굳건하게 자리잡고 있는데
날벼락 같은 왜구의 만행
분노로 치미는 너의 가슴에 남는 혈통
이제 어둠과 맞서 꽃불을 놓으려니
너는 이제 홀로의 섬이 아니다
내 영원한 가슴의 독도여.

독도

전 석 홍

아스라한 동녘 바다
발뿌리 깊은 물 속 터 잡아 서서
'한국령韓國領'을 지키는 정계비定界碑

천년하고도 반 천년
우리의 혈관 함께 맥박치고
돌멩이, 나무 잎새, 풀포기 하나에도
한글빛 담겨 눈빛으로 말한다

칠천 만의 혼백이 응결된 철갑鐵甲 섬
거치른 풍랑이 몰아칠수록
함성소리 드높이 태극 깃발 더욱 펄럭인다

독도를 생각하며

-3·1절 86주년을 맞이하여

정 성 수

온종일 지지 않는 꽃
동해바다 푸른 물결 위에
육지의 마지막 파수꾼처럼 우뚝 서있는
대한민국의 섬 '독도'를 생각하노라면
가깝고 먼 게다짝 소리 홀연히 귓속에 울리네.

그러한가.
일본은 아직도 우리들의 씻을 수 없는 슬픔인가.
일장기는 영원한 침략군의 깃발인가.
그대들의 혀는 해적의 칼인가.

남의 나라
남의 땅
남의 섬을

제 나라
제 땅
제 섬이라고 소리치는 주한 일본대사
다카노 도시유키高野紀元 등을 보면

갑자기 나는
그 나라의 철면피 같은 얼굴 향해
씩씩한 지대지미사일 쏘아올리고 싶어.

잠든 히로시마 위에 원자폭탄 투하하고 싶어.

언제 우리가 일본땅 위에 태극기를 꽂았는가.
그대 나라의 황후를 살해했는가.
그대들의 수줍은 숫처녀를 능욕했는가.

맡겨다오.
고요한 아침의 나라,
끝없이 푸른 새들이 날아오르는 금수강산은
우리 겨레의 손에
우리 지도 위에
우리 역사 위에.

그리하여 너와 나
하나의 따뜻한 우정이 되자.
버릴 수 없는 이웃이 되자.
서로 눈부신 그리움 되자.

우리는
지나간 슬픔의 나날들 기억하지만
끝없이 슬퍼하지 않고
그대들의 피묻은 칼 잊지 않지만
슬픔의 힘으로 칼을 뽑지 않는다.
후퇴하는 것은 역사가 아니다.

오늘도 내일도
대한민국의 기도는 영원한 평화.

지상에서 아름다운 것은 전쟁이 아니라
침략이 아니라
탈취가 아니라

언제나 유쾌한
너와 나의 건배!

독도

정 순 택

이런 능지처참할 놈들!
나, 목이 터져라 외치노라.
동해는 나에게 맡기고
모든 섬 형제들아,
제주 큰형을 첨병으로 세우고
남해와 서해로 흩어져
우리 한반도를 지켜라.
불멸의 성웅 이순신 병법처럼
물샐 틈 없이 방어하라.
감히 넘보지 못하리라.
나,
동해는 나 혼자 지킨다.
동해의 첨병으로
울릉 형제를 뒤에 두고
일당백의 기백으로
한민족 자존심만큼 우뚝 서서
백의민족의 정신처럼 날카롭게
왜놈의 가득 찬 흑심과
쪽바리 근성의 망언과 생떼에
의용수비대가 웃는다.
이사부가 웃는다.
내가 웃고 있다.
우리 민족이 웃는다.

나를 외로운 병사라 부르지 마라.
작전상 혼자인 척이지
동도 서도 형제와
그 둘레에 많은 형제들이
자맥질하며 눈을 부릅뜨고
경계하고 있노라.
일본을 강타하는 지진도
우리 반도에 미치지 못하도록
나 혼자 온몸으로 막으리라.
시커먼 속셈으로
망언과 생떼를 계속 쓴다면
너희 왜놈들에게 저주를 내리리라.
영원히 태평양에 수장시켜
다시는 그따위 소리가
들리지 않도록 잠재우리라.
동해에 붉은 해가 뜨는 한
네놈들이 바닷속으로
가라앉을 때까지 지켜보리라.
우리 백의민족을 화나게 말지어다.
천벌이 있을지니라.

독도는 언제나 독도

정 연 수

간도가 간다던 그 해
우리는 몰랐다
가는지 오는지
사는지 죽는지
간도가 가는지 독도가 가는지

동해바다 허연 거품 물고 서럽게 몰아치는 파도
배가 고파 모르고, 잘 잊어 모르고
간도가 가던 날도 독도는 혼자서 독을 품었다

독도는 언제든 독도

동해바다에 치욕을 씻은 을유 해방
나랏말로 나라 이름을 쓰던 해
닭은 새벽을 알리고, 동해의 태양을 세상에 띄우고

그러나 을유해방 예순해의 을유망동
시네마현의 '다케시마의 날'
'다 괘씸한' 일본의 야만

동해바다 새파랗게 독을 품고 수평선까지 물들어
간도가 간 걸 알고, 독도가 외로운 걸 알고
독을 품은 것은 독도만이 아니다.

독도

-일본의 '독도의 날' 제정 소식을 듣고

정 원 철

삼신할매가 만드신
네 엉덩이의 파란 멍자욱
푸르게 깃발은 펄럭인다,
내 사랑 멀리 있어도.

갈매기도 괜시리 한 바퀴 돌고 앉는 섬.
우두컨한 낮 지나
달 뜨는 밤이면
은빛 비늘 위로 지나는 네 눈빛.
어무이 어무이!

시장골목에 들어섰다가
그만 네 손을 놓쳐
잰걸음으로 찾아다니면
골목 끝
감자떡 파는 할매 곁에서
웃고 서있곤 하던 너.

너를 새긴다, 기대인 솔나무에.
너처럼 기대어 서서 잔다.
물살에 부딪기며 홀로 서있는 너처럼.
여직도 내 품안의 너,
아들아, 아들아!

독도의 물결 속에

정 정 길

저 우주에서 현미경으로 보아도
너무나 미세한 구조라 보일까 말까하는
아름다운 섬이라
오천 년 넘게 정성들여 키워놓은
우리네 막내둥이를
임의의 땅도 아니고
식민지주의가 남긴 유산도 아닌데
어쩌자고 밤낮으로 생떼인가
바로 건너 이웃하고 살면서
틈만 나면 심술인가
악의 축이 따로 있는 것이 아니라
인면수심! 너희들이 악의 축이지

好事不出門 惡事行千里*라 했던가
세상 돌아가는 이치나 알고 살아야지
어린애도 아니고 조르는 것도 유분수지
하루 이틀도 아니고……

오늘은 바람이 더 세차다
허니문 빌딩이나 하나 지어볼까
설계도 의뢰하고 허가도 신청해봐야겠는데

잘 될까 모르겠네.

---

*好事不出門 惡事行千里:좋은 일은 잘 알려지지 않지만 나쁜 일은 빨리 소문이 난
다는 뜻이다.(傳燈錄)

독도

정 태 모

독도는 우리 땅 우리 것이다
옛날에는
우산국에 예속되던 우리 땅이다.

왜놈들아! 들어라
경고하노니
이 섬에서 자생하는
풀 한 포기 나무 한 그루
꽃 한 송이도 얼씬 말아라
거기 있는 한 줌의 흙
모래 한 알이
다 우리 것이다.

지금은 세상 추세가 그렇지 않으니
옛날의 그 해적의 근성
침략의 근성일랑 어서 버리고
역사도 올바르게
있는 대로 기록하라,
거짓없이 사실대로
빠짐없이 기록하라.

이 쪽바리 해적의 후손들아!
임진왜란 때

우리 충무공에게 쫓겨간 사실
그런 것을 그새 다 잊었단 말이냐?

오늘도 독도는
동도와 서도가
의리있는 형제처럼
마주 서있고
그 사이를
갈매기가 오락가락
평화롭구나.

우리네 가정처럼
평화롭구나.

독도서설 絮說

조 숙 연

가본 적도 없지만은
너무나도 익숙한 땅
당연지사 내것이라
무심하게 살아왔네.

그 어느날 다짜고짜
불한당들 나타나서
임자없는 빈 땅이라
깃발 꽂자 덤벼드니
같지않은 그 짓거리
들은 체도 아니하고
허허허허 너털웃음
수십 년이 지났구나.

그놈들은 치밀했네
가만있지 않았다네
다른 나라 갈 때마다
독도땅은 내꺼라오
죽도라고 불러다오
한두 번도 아니하고
볼 때마다 칭얼대니
귀찮아서 들어주네.

고걸 믿고 남의 땅을
제것이라 우겨대며
앞으로는 한일수교
사십 주년 우정의 해
간드러진 웃음으로
검은 속내 드러내어
침략자의 근성으로
독도의 날 선포하니
에고에고 대한민국
우린 너무 순진했네.

우리 것을 우리 걸로
당연지사 여겼지만
남들한테 인정받고
증명 받을 묘한 입장
되어버려 입맛 쓰네
이제와서 후회막급
무슨 소용 있으리요.

저 불한당 나쁜 놈들
미사일로 박살내어
지구상에 흔적없이
갈아엎고 싶지만은

그랬다간 국제사회
구경거리 웃음거리
난감해질 입장이니
어떡하나 우리 국민
속상한 맘 다독이며
이제라도 우리 독도
돌아보고 돌아보세
우리 겨레 숨결 담아
겨레 향기 드높이세.

길게 보고 멀리 봐서
치밀하게 준비하여
우리 영토 지켜내세
한 순간의 격한 분노
해결책이 아니라네
지속적인 관심 두고
사랑으로 지켜내어
하늘에서 주신 이 땅
용맹스레 지켜오신
조상님들 생각하며
아름답게 지켜가세.

오늘 정말 슬프구나
약한 자라 슬프구나

먹고살기 급급하여
중요한 걸 잊었으니
이제라도 중요한 게
무엇인지 알고 사세
지킬 것이 무엇인지
이런 비극 다시 없게
먼 훗날에 우리 조국
자랑스레 여기며 살
우리 후손 생각하며
역사교육 철저히 해
나를 알고 너를 아는
지혜로운 국민으로
세계 속의 대한민국
굳건하게 지켜가세.

독도

조 현 길

배 고플 때 너는 생각하라, 독도 앞바다를.
독도 앞바다 심해 바닥의 기름탱크를.
국민이 삼십 년을 사용할 수 있는
그 기름 자원은
왜놈들 일제 치하 수탈의 기억,

빼앗긴 쌀가마에 흘린 피를
배 고플 때 너는 일초 일초 맹세하라.
네가 할 수 있는 일을
배 부를 때도 가끔 웃음 참으며 생각하라,
독도의 기름탱크를.

방싯방싯 살구꽃 필 때 독도 여행이라도 하며
훨훨 먼지 털고
가자 가자 역사의 물이랑 헤쳐 노래 부르며
통영검무 한산대첩 돈후한 인품으로 달려가자.

독도 찾으러 내가 간다, 네가 간다.
네땅 내땅 땅하면 격발하는 소리
천지뢰 우리 땅이다.
풀 한 포기 천백배 복수다.

조국의 막내 독도 그 땅에

장군의 칼날 칼날,
비검悲劍의 은광銀光

남의 애를 끊나니……
남의 애를 끊나니……

믿음직한 독도여!

채 윤 병

배달나라 얼이 솟아
의좋은 동도 서도

앞을 보나 뒤를 보나
낙관 두 개 분명하다

아리랑,
독도 아리랑
믿음직한 표상이여.

동쪽 땅 끝 지켜왔다
억센 파도 빗질하며

해돋이 해넘이도
붉은 정열 함빡 쏟아

사방의
조무래기 섬
파수꾼을 자랑하네.

하늘이 내린 비경
갈매기도 우리 가족

봄 들꽃 가을 해국
조국 찬가 읊어대고

등대는
날밤 새우며
수호신이 되겠단다.

겨레의 독도

최 경 구

보라!
저 동해바다 한 가운데
우뚝 솟은 미래의
숨결 독도를.

보라!
저 동해바다에서 타오르는 태양을 향해
온 누리를 호령하는
독도를.

보라!
오천 년 역사와 함께한 독도가
전 세계의 새로운 指標가 될
거침없는 도전과 정열의 불꽃을.

고하노라!
겨레가 독도를 사랑하는 울분은
일본에 대한 그릇된 생각을
전 세계에 알림이고
무릇 왜곡된 역사의 진실을
대한민국 가슴에 심어주기 위함이라.

보라!

앞으로도 우리 민족은
독도에 대한 일본의 도전을
대代를 이어 한 치의 양보와 타협 없이
죽음으로써 독도를 영원히 구求할 뿐이다.

그곳으로 달려가고 싶다

최 금 녀

배에서 깃발을 흔드는 사람들이
지하철 TV화면에 가득히 차오른다.

배가 심하게 흔들릴 때마다 TV화면도 흔들린다.
그 곳의 바람은 깃발이 찢기울 듯 세차다.
아이 하나가 화면을 보며 중얼거린다.
엄마 독도가 불에 타 죽었어? 왜 깃발을 들고 있어?
엄마는 혼잣말처럼 중얼거린다.
'우리 땅이고 말고, 우리 땅이야.'
아이는 입을 다문다.
아이는 가슴 속으로 독도 노래를 따라 부른다.

지하철 속이 후끈거린다.
밤새 빈 그물로 돌아오는 어부의 입에서처럼
사람들 입에서 단내가 난다.
섬을 도는 배가 보인다.
깃발이 분노한 듯 바람결에 몸을 떤다.

오늘 나는 독도가 고향이고 싶다.
이 지하철을 탄 채 이대로
그 곳으로 달려가 누군가 불러주는
풍어의 노래를 들으며 하룻밤을 자고 싶다.
독도의 하늘, 독도의 바다를 가슴 가득히 안고……

독도여! 보아라

崔 順 子

너는 거기 장대히 서서
외로운 아침을 열고
거센 파도 몸으로 안는
그 고통 기꺼워하는
우리들의 의지.

백두산 눈바람
한라산 꽃바람 그리움 엮고
호시탐탐 노려보는
침략자의 몸서리를
갈매기 깃털에 얹어
육지로 보낸 사연
이제야 아니
이 어찌 부끄럽지 않으랴.

그 많은 낮과 밤을
피끓는 고독한 눈물
저리 푸르러도
우리의 우둔함
뒤늦게 땅을 친다.

동도 서도 손 꼭 잡고
동해바다 수문장으로

침략자 막기 위해
굳세게 버틴 독도여,
이제
우리의 귀가 열리었다.
우리가 일어섰다.
우리가 막아낸다.

독도여, 보아라, 조선의 얼굴을.

독도

최 승 범

내 뿌리 내 지니고
나 여기 있을 뿐
본래의 한마음
알몸으로 맞부빌 뿐
몰아친 비바람에도
올연히
있을 뿐

때론 기대오는 숨결
쉬어가게 할 뿐
내 마음 나누기야
해와 달 별일 뿐
내 오직
한 바람 있다면
이냥 있고
싶을 뿐

동해의 파수꾼 우리 땅 독도

추 영 수

동해를 찬란히 물들이고
치솟아 오르는 저 태양을 보아라
눈부시게 기를 내뿜으며
비상하는 배달겨레의 기상을 보아라

천지만물 지으신 우리 하나님
사백 육십만 년 전
울릉도 남동쪽 바다 위에
기암괴석 화산섬 정다운 형제 세워주셨으니

우리 땅 동쪽 끝
충성스런 파수꾼
하늘말씀으로 인印 쳐주신
하나님의 따옴표 독도여

천 년을 넘어 이은 왜구倭寇의 침략 근성
아직도 버리지 못하였는가
동해 밑 네 침입로侵入路 골라 누우신
신라 문무대왕 해중능침海中陵寢
그 깊은 뜻 네 아느냐

죽어서도 왜구의 침략을 막으려던
문무대왕의 우국성려憂國聖慮

하늘의 진노가 네 땅 뿌리를 흔드노니
그 깊은 뜻 네 헤아려 보았느냐

동해의 파수꾼 독도는 우리 땅
서로가 서로에게 악을 행치 않게 하소서 하나님
이름 그대로 아주 작고 가엾은 이웃입니다
남의 땅 넘보는 욕심으로부터 해방시켜 주소서

어질고 착한 순결의 백의민족
하얗게 눈덮인 겨울 해풍에도
해조음에 노니는 어류들이랑
감사의 나래를 치는 갈매기들의 합창

사무라이 本色

-독도분쟁에 즈음하여

韓 相 哲

東海에 찍힌 꽃점 숨겨둔 성징性徵인데
먹지도 못 할 감을 죽창竹槍으로 찌른 심보
청상靑孀이 아니라 해도 침 흘리는 얼 武士.

독도우표 발행하여 일본의 기를 꺾어버려라

함 동 진

일본은 아직도 우리 대한민국을
저들의 식민지로 여기는가?
우리가 우리의 주권으로
대한민국의 영토인 독도를 소재로
기념우표로 발행코자 함에 방해하는 생떼는
아직도 옛 군국주의 패권을 잊지 못해서인가?

정부는 일본의 파렴치한 의도에
일체 귀 기울이지 말고
독도우표를 예정대로 발행하여
일본의 기를 꺾어 버려라.
코도 납작하게 뭉개 버려라.

독도에 우체통이 생겼어요

현 금 순

울릉군 독도리 산1의 37번지에
노을빛 닮은
빨간 우체통이 생겼어요.
파도소리 새소리 담아
모두가 잘 있다는 소식
뭍으로 보내 주고 싶어
우체통이 섰어요.
받침돌엔 태극무늬 새겨 앉고
가슴엔 우편번호 799-805 담아 안고
똑바로 서 있는 독도의 우체통.

갈매기 울음

홍 석 하

파도가 저렇게 보채도
견고한 자세로
버텨온 동해의 바위섬.
하늘이 푸르고 바다가 푸르다.
갈매기 끼륵 끼륵 끼르륵
母國語로 울었다.
신라의 이사부 장군이 징벌 후
백성들이 鄕歌를 부르며
춤을 추던 곳.
고구려 사람들도 청자병에 술 담아다가
낚시질을 하며 술을 마셨다.
아, 아, 大韓民國!
높고도 푸르구나.
독도는 영원한 우리의 땅.
쪽발이 놈이 하오리에 게다짝 끌며
자기네 것인 양 능청을 부리다니
말도 안 되는 소리.
끼륵 끼륵 끼르륵
갈매기가 또 母國語로 울었다.
태극기가 펄럭인다.
새들이 날아든다.
아름다운 코리아.

독도야, 흔들리지마

홍 윤 표

넌 태초에 꿈을 키우면서
거기서 자랐지.
늘 그렇게 자랐지.
엄마가 그리워 울 때도 있고,
서러워 울 때도 있고,
그저 바람 부는 날이면 더 안타까워했지.
독도야,
애타는 마음이야 누가 모르랴.
내 친구는
어느날 오천 년 역사가 출렁이고,
아주 경관이 수려한 독도 네 이마가
그립고, 자랑스러워 주소도 옮겨 놓고,
안부도 묻고, 바닷새랑 바람이랑
정이 들어 주인처럼 꿈을 꾸고 잠들며,
자랑스런 태극기를 바라보았지.
아니, 펄럭여보았지.
그런데 난데없이 큰 섬사람들이
조례를 제정하고 내 땅이라 우긴다니
그게 될 말이라나.
기가 막혀. 참으로 기가 막혀.
너의 고향은 대한민국 태초에 그 자리서
만만 년 아들도 딸도 낳고 대대로 살지여.
바람에 절대로 흔들리지 말게나.

독도사화집 獨島詞華集 DOKDO ANTHOLOGY
독도사화집 獨島詞華集 DOKDO ANTHOLOGY

PROSE 散文 산문

新韓日漁業協定이 獨島 領有權에
미치는 영향과 獨島 保全對策

金 昇

· 부산수산대학 수산경영학과 졸업(수산
  학사)
· 수산업협동조합 간부직원(상무, 전무 25년)
· 제10차 동남아수협 세미나에 한국 대표
  로 참가 (일본:1988)
· 수산청 수협개혁위원회 자문위원
· 수협중앙회 수산30년사 집필위원
· 수산청 수산제도개혁위원회 자문위원
· 전남 해양종합개발위원회 자문위원
· 해양수산부 수협개혁위원회 실무 기획단
· 사)한국수산경영학회 이사, 부회장, 감사
  (1988~1998)
· 사)한국도서(섬)학회 이사(1988~1998)
· 전국수산업협동조합 전무협의회 회장
  (1995~1998)
· 한국수산회 자율관리어업 자문위원회
  위원 겸 실태조사 전문위원(현)
· 한국도서(섬)학회 회장(현)
· 논저: 어촌어업제도의 사회경제적 연구
  (1997, 향하사)
· 수산전문지 등을 비롯하여 수산 관련
  단체의 회지나 학회지 등에 논문, 칼럼
  등 100여 편 발표
· 주소: 광주광역시 남구 월산4동 944-36
· E-mail : kimseung21@hanmail.net
· 전화 : 011-634-3835

I. 문제의 제기

국제해양헌장이라고 불리우는 UN
해양법협약(UN Convention on the
Law of sea, 1982)이 1994년 11월 16일
발효됨에 따라 한일 양국은 1995년에
UN해양법협약을 비준하고, 1996년에
는 동 협약에 가입한 후 영해
(Territorial Sea) 및 접속수역
(Adjacent Zone) 각각 12해리를 선포
한 바 있으며, 배타적경제수역
(Exclusive Economic Zone)법도 제정
선포함으로써 21세기의 새로운 해양
시대를 맞이하게 되었다.

이와 같이 한일 양국이 1996년 2월
200해리 EEZ(배타적경제수역)법을
선포함으로써 일본에 의해 기존의
한일어업협정을 개정하기 위한 강력
한 외교교섭과 새로운 배타적 경제
수역의 설정을 전제로 한 어업협정

개정의 필요성이 제기되어 1996년 4월 30일 한일 양국 외무장관 회담에서 한일어업협정 개정을 위한 실무협의를 하기로 합의한 이후 동년 5월부터 2년 4개월에 걸쳐 팽팽한 긴장감 속에서 우여곡절을 겪은 끝에 1998년 9월 25일 기존의 한일어업협정과는 개념과 성격이 다른 신한일어업협정이 탄생되었으나, 양국이 합의한 협정내용을 구체적으로 살펴보면 특히 한국 측이 일본 측에 큰 것을 넘겨주고 작은 것 여러 개를 받은 게 아니냐는 의혹이 제기되고 있다.

　관련 근해 어업인들의 주장에 의하면 일본의 의도대로 '신어업협정' 체결 요구를 수용하여 수산업계에 막대한 피해를 입혔다는 것이고, 독도보전협회를 중심으로 한 일부 학자들은 신한일어업협정 체결로 우리의 고유 영토인 독도 영유권이 크게 훼손됐다는 주장이 그것이다. 이렇게 제기된 문제점들과 독도 영유권에 대한 한일 양측의 주장을 비교 검토하고, 특히 신한일어업협정이 독도 영유권에 미치는 영향과 우리 고유영토인 독도를 어떻게 항구적으로 보전해 갈 것인가, 그에 대한 대안을 찾아보고자 한다.

Ⅱ. 한일어업관계의 사적 고찰

1. 신한일어업관계 이전의 한일어업관계

　어업사적 관점에서 한국과 일본간의 어업관계는 조선왕조의 세종 초에 연안해역을 자기들 앞마당처럼 드나들면서 우리의 어족자원을 노략질해 가는가 하면 육지 어촌마을에까지 상륙하여 각종 만행을 부리는 등 왜구들의 해적행위가 극심하므로 해적의 소굴인 일본의 대마도를 정벌한 후 대마도주(對馬島主)로부터 사죄의 예를 받아냈으며, 대마도주의 복청을 받아들여 평화회유책으로 三浦의 개항과 더불어 왜관을 설치하고 어로구역을 개운포(울산군 대현면 개운동)로 한정하여 일본인 어선의 조어장소를 허락한 것이 세종 17년(서기 1435년)으로 조선정부 승인 하에 일본인 어선의 공식적인 한해출어가 처음으로 이루어졌으나[1] 그 후 구한말 고종 20년(1883년 : 명치15년)에 조인된 한일통어장정(韓日通漁章程) 제14조(관)에 의거 조선의 전라, 경상, 강원, 함경도의 해역을 일본 어부들의 자유로운 한해출어를 보장하여 개방을 하게 됨으로써 일본 제국주의의 한국 어업 침탈이 본격적으로 이루어 질 수 있는 기반이 구축되었다.

이후 후속조치로 일본 어부들의 어업활동과 어획물의 매매거래, 식수, 식량공급을 받기 위한 자유로운 상륙과 이주어촌 건설 등이 아무 제약없이 이루어 질 수 있는 치외법권적 조치를 하기 위해 한일통어장정과 일본어민취급규칙(日本漁民取扱規則)을 한일 양국간에 별도로 체결하였다. 이와 관련된 조약들을 종합하여 본다면 동 조약이 평등을 위장하여 일본해역도 일부 개방하여 일본의 구주북부의 長崎縣, 佐賀縣, 山口縣, 島根縣, 對馬島 연안에서 우리 어선들이 조업할 수 있도록 하는 대신에 일본어선을 우리나라 서해남부와 동해안, 남해안 전체(전라, 경상, 강원, 함경의 4도)의 연안에서 조업할 수 있도록 하되 일본 어부들이 조선연해에서 조업시 식수, 식량 공급 및 어획물 판매목적으로 상륙시 범법행위를 단속할 목적으로 만들어진 일본어민취급규칙마저 그 범법자를 조선정부가 아닌 자국 영사재판에서 처벌한다는 내용으로, 일본인 범법자의 처벌규정이라기보다 오히려 치외법권을 부여하는 보호규정이었다.[2]

일본 제국주의는 일본인의 조선연해 출어선의 증가로 어장이 협소하다는 이유를 들어 서해안의 전 어장 개방요구를 해왔고, 조선정부는 광무 4년(서기 1900년)에서 8년(서기 1904년)에 걸쳐 경기를

---

1) 조선왕조실록, 세종실록전 50
2) 김진구 「한국어업사, 포경사」 1966, 78~81쪽 참조

시작으로 충청, 황해, 평안도의 어장까지 차례로 개방하여 조선반도 전역이 일본 제국주의의 수중으로 들어가고 말았으며, 1910년에 한일합방이 이루어지자 일본 제국주의는 자국민의 한반도 이주어촌이 조선의 전 연안포구에 자리잡고 있었을 뿐 아니라 일본에 주소를 둔 어부들의 출가어업이 수산업에서 차지하는 비중이 크므로 속국인 조선의 어업제도를 일본의 제도와 일치시켜 조선식민지 수탈 어업구조를 구축하였으며, 한국연안도처에 일본인의 이주어촌을 건설하여 해방될 때까지 일본인이 한국 수산업을 지배하게 되었다.[3]

한일어업관계에서 가장 큰 변화를 가져다준 사건이 일본국 패망과 8·15 해방이었다.

대한민국 수립 후 처음으로 주권국가로서 우리연해 공해에서의 어족자원의 보존조치와 일본 어부들의 근해어장 침탈방지를 위해 1952년 1월 18일 인접해양의 주권에 대한 대통령 선언(평화선 또는 이승만 라인)을 일방적으로 선포하고 정부당국은 강력한 의지로 평화선을 침범하는 일본어선을 나포하여 국내법으로 처벌하게 되자 일본 측으로부터 공해상의 자유조업원칙(Mare Liberum)을 들어 외교적으로 강력하게 항의해옴으로써 심한 한일어업분쟁이 계속 되었으며, 이러한 한일 양국간의 어업분쟁은 1965년 한일어업협정이 체결됨으로써 종식되었다.

한일어업협정의 주된 골격은 12해리 영해를 어업전관수역으로 하고 어업전관수역 외측(공해)에 한일양국 어선이 공동조업 할 수 있는 공동규제수역으로 설정하여 어족자원 및 어업관리를 하며, 일본 측의 주장을 그대로 받아들여 지도단속 및 재판관할권을 기국주의를 채택하였다.

협정체결 당시 일본 측의 입장에서 본다면 한국이 국제해양질서를 무시하고 배타관리권을 행사했던 평화선을 철폐하고 공해자유조

---

3) 김진구 앞의 책 78~81쪽 참조

업질서로 환원함과 동시에 일본어선들의 한국근해 조업허용이 주된 내용이었다.

한일어업협정체결 이후 한국정부는 대일 청구권 자금의 상당부분을 수산업진흥에 투자하여 근·원양어업을 집중 육성한 결과 1977년을 기점으로 한일어업관계가 반대로 역전되어 한국어선의 일본해역(대화퇴, 북해도, 서일본 해역 등) 이용실적이 일본어선의 한국해역 이용실적보다 훨씬 상회하여 일본연안어민들의 한국어선 단속강화와 한일어업협정상의 기국주의를 연안국주의로 전환해줄 것을 요청하는 사태로 발전하는 등 기존의 한일어업관계가 역전하였다. 참고로 ´80년대 이후에는 일본 측 수역에서 한국어선의 조업실적은 한국의 전체 원양어획물의 35%에 해당되는 양질의 수산물을 어획하고 있었으며, 이는 일본어선의 한국해역 조업실적의 배가 넘는 어획량이며, 일본연안어민들과 직접적인 마찰을 빚으면서 조업이 이루어져 왔기 때문에 국제해양질서에 어떠한 변화가 오게 되면 기존의 한일어업협정은 일본 측에 의해 붕괴될 수밖에 없는 것이었다.

2. UN해양법협약의 발효와 한일어업관계

1982년에 체결된 UN해양법협약이 긴 조정기간을 거쳐 1994년 11월 16일 발효됨에 따라 한일 양국도 1995년에 동 법을 비준하고 1977년에 선포했던 통상기선(Normal Baseline)에 의한 영해 12해리를 UN해양법에 의거 1995년 영해 및 접속수역 각각 12해리로 확대선포하고, 1996년에는 동 협약에 함께 가입한 바 있으며, 동년에 등거리중간선원칙에 의한 EEZ(배타적경제수역)법도 제정 선포하였음은 앞에서도 설명한 바 있다.

이와 같이 한일 양국이 새로운 해양시대를 맞이하면서 영해 외측 수역(공해)의 기국주의에 의한 자유조업질서가 무너지고, 영해의 기

선으로부터 200해리까지의 광활한 수역이 연안국의 배타적경제수역
으로 바뀌어짐에 따라 한일간 종래의 공동규제수역에 해당되는 수
역에서의 자유조업이 연안국의 허가를 받아 입어를 해야 하는 어업
질서로 재편되었고, 동 수역의 지도 단속권도 연안국주의로 바꾸어
지는 등 한일어업관계가 일대 변화를 초래하게 되었다.

한일 양국의 입장이 1965년 한일어업협정 체결시와는 정반대의 입
장에서 한국 측은 가능하면 기존의 한일어업협정을 하루라도 길게
연장시켰으면 하는 입장이고, 일본 측은 자기들이 한국측에 강력히
요구하여 이루어졌던 한일어업협정을 한시라도 빨리 철폐하고 새로
운 국제해양질서에 편입시켜 주변해역을 관리하고자 하나 현실적으
로 한국이 실효적 지배를 하고 있는 독도의 영유권 문제가 걸림돌
이었기 때문에 한국 측의 기존의 어업관행을 어느 선까지 보장해주
면서 자국의 명분과 실리를 찾을 것인가에 기준을 두고 EEZ 수역
설정과 중간의 잠정수역(또는 중간수역)설정으로 기존의 한일어업
협정을 대체하려는 입장이었다.

이러한 역학관계에서 한국 측은 일본 측이 강력히 끌어당기는 힘
에 끌려가면서 독도 영유권을 현상유지하는 선에서 기존의 어업관
행을 최대한 보장받으려고 하니 EEZ 및 한일어업협상에서 소극적
인 자세로 임할 수밖에 없었으며, 이로 인해 과거 평화선으로 인한
한일 양국간에 야기되었던 어업분쟁이 이제는 입장이 서로 뒤바뀌
는 어업분쟁으로 바뀌어졌으며, 협정체결 이후에도 일본국의 각종
규제를 받아가면서 입어를 해야 하는 어업환경의 변화로 이러한 한
일어업관계는 상당기간 지속될 것으로 보인다.

III. EEZ 수역설정과 신한일어업협정

1. EEZ 경계선 획정 및 어업협정 개정 문제

한일간 인접수역을 200해리 경제수역으로 구획한다면 동해를 사이에 두고 최저 23.57해리에서 최고 450해리이나 거의 모든 수역이 중복되어 한일 양국의 EEZ법에 의거 등거리 중간선(한일 양국이 등거리 중간선 채택)으로 획정해야 한다. EEZ 경계선 획정이 한일 양국간에 쉽게 합의할 수 있을 것 같아 보이나 독도의 영유권 문제와 제주 남방의 대륙붕협정 지위문제까지 도사리고 있어 타결이 난망하여 독도의 영유권 문제가 EEZ 협상에 영향을 주지 않는다면 한일어업협상은 아주 불리한 입장에서 타결될 수밖에 없는 상황이었다.

독도의 영유권 문제와 EEZ 경계선 획정에 관한 양국 국민정서와 양국의 입장을 볼 것 같으면, 우선 일본 극우단체와 한국의 독도보전협회는 독도를 유인도로 간주하여 각각 자국영토라는 관점에서 일본 극우 단체는 일본의 죽도(한국명 독도)와 한국의 울릉도간 49해리의 중간선 24.5해리 지점을 한일간의 EEZ 경계선으로 해야 한다는 억지주장을 하고 있으며, 한국의 독도보전협회 서울대 신용하 교수는 독도는 역사적으로나 현실적으로도 울릉도의 부속도서로서 한국의 고유영토이며 따라서 한일간 EEZ 경계선은 한국의 독도와 일본의 오키도 간 86해리의 등거리 중간선 43해리 지점이 되어야 한다는 주장이다.

이에 반해 한국정부는 독도의 영유권(실효적인 지배)만 해결된다면 독도의 존재를 무시한 한국의 울릉도와 일본의 오키도 간의 135해리의 등거리 중간선인 67.5해리 지점(독도로부터 오키도쪽 18. 5해리 지점)을 EEZ중간선으로 확정하여 EEZ 경계선 획정과 어업협상을 동시에 해결하고자 하였으나 일본 측의 중간수역(잠정수역)설정을 통한 어업협상의 강력한 주장에 양보를 한 것으로 알려지고 있다.

일본정부는 1996년 EEZ 한일어업협상 초기에 EEZ 경계선 획정의 구체적인 안의 제시없이 선 EEZ 경계선 획정을 하고 이어서 어업협정을 개정하자는 의견을 제시하면서 한국 측의 협상에 임하는 기본방향과 의견만을 청취했던 것으로 알려지고 있다. 그러한 일본 측이 1997년에 들어서 협상방향을 바꾸어 1997년 3월 이후에는 EEZ 경계선 협상은 잠정보류하자고 주장했고, 일본 측 주장에 우리정부도 합의하여 독도 영유권과 결부되는 동해의 EEZ 경계선 획정을 당분간 유보하고 인근수역을 중간수역(또는 잠정수역) 설정방식으로 접근하여 자기들의 명분과 실리를 추구하는 선에서 한국의 양보를 받아내기 위해 신영해법에 의한 한국어선 나포, 한일어업협정 종료 통보 등 우여곡절을 겪은 끝에 신한일어업협정이 협상개시 2년 4개월만에 타결된 것이다.

1) 제1단계 : EEZ 경계선 획정 및 어업협정 동시 추진단계

그간의 어업협상 추진내용과 무엇이 문제가 되어 난항을 면치 못했던가를 구체적으로 정리하여 요약해 본다면, 한일어업관계가 1977년을 전환점으로 하여 그간의 역학관계가 반대로 역전되어 성력화된 한국어선들의 일본 연근해수역(대화퇴, 북해도, 서일본 해역 등)에서의 어획강도가 높아짐에 따라 일본 연안어민들과 잦은 마찰을 빚으면서 조업이 이루어질 수밖에 없었다. 이러한 배경 하에서 1980년 초 일본어민들의 강한 불만과 일본 국내 국민정서가 기존의 한일어업협정을 파기하고 2백해리 어업수역(EFZ)을 한국에 적용해야 한다는 일본 국내 여론을 빙자하여 일본 측이 문제 제기해 옴으로써 1980년 9월 20일 한일 양국간에 조업자율규제제도를 도입하여 외교적 위기를 넘긴 바 있다.

그런데 1996년에 한일 양국이 동시에 UN해양법협약을 비준하고 EEZ(배타적경제수역)국내법이 발효됨으로써 앞에서도 언급된 바와 같이 한일양국간에 어업전관수역(영해) 외측수역(공해) 기국주의에 의한 자유조업질서가 영해의 기선으로부터 200해리까지의 종래의 공동규제수역에 해당되었던 수역에서의 자유조업이 연안국의 허가를 받아 입어를 해야하는 상대국 관할수역(지도 단속권의 연안국주의)에서의 조업질서로 바꾸어질 수밖에 없는 등 한일어업관계가 일대 변화를 예고하는 새로운 국제 해양질서 속에서 일본 측의 강력한 요구에 의해 1996년 5월부터 한일 EEZ 경계선 획정 및 어업협상이 시작되어 동년 11월 7일까지 3차에 걸쳐 한일 양국 실무자 회담을 가졌으나 본 협상은 한일 양국간의 시각차가 클 수밖에 없고 서로 양국의 의사타진 정도의 협상이었으리라고 본다.

이상의 제1단계 협상에서 한일 양국은 기존의 어업협정뿐만 아니라 EEZ 경계선 획정까지 일괄타결 짓자는 의견교환을 했다고 하며, 한국 측은 독도의 실효적 지배만 보장이 된다면 독도를 무시한 한국의 울릉도와 일본의 오키도 간 중간선을 EEZ 경계선으로 획정할 수 있다는 안을 제시한 반면 일본 측은 구체적인 안을 내놓지 않았다고 한다.

2) 제2단계 : 어업협정 실무협상 잠정 합의단계

제1단계 협상과정에서 우리정부의 소극적인 협상자세와 약점을 알아버린 일본 측의 대응조치를 보면 재미있는 현상을 발견할 수 있다. 일본 측은 본건 한일 외교협상 진행관련 건과 직접 관계가 있는 영해제도를 1996년 12월 10일 국내법이라는 이유를 들어 일방적으로 자국의 영해법을 기존의 통상기선에서 직전기선(Straight baseline)으로 개정하여 1997년 1월 1일부터 시행하겠다고 한국정부에 통보해 왔으나 한국정부가 이에 대해 적극 대응한 흔적은 보이지 않고, 1997년 3월 6일부터 6월 13일까지 4차에서 6차에 어업실무자 회담으로 이어졌다.

이상의 제2단계 회담은 일본 측이 제1단계 회담시의 주제내용과 태도를 바꾸어 독도영유권 등 민감한 사항과 관련된 EEZ 경계선 획정은 차후로 유보하고 어업문제만으로 한정하자는 주장에 한국 측도 동의하여 회담의 성격이 한일어업실무자 회담으로 바뀌었다고 봐야 할 것이다. 이렇게 성격이 바뀐 2단계 회담 와중에 일본 측에 의해 돌발사태가 발생한 것이 일본 측이 일방적으로 영해기선을 직선기선으로 개정하여 1997년 1월 1일부터 시행한다고 통보해 왔던 일본 국내법(영해법)에 의거 1997년 6월 8일부터 7월 8일까지 기존의 한일어업협정 자율규제수역에서 조업 중이던 한국어선 5척을 나포하여 외교분쟁을 야기함으로써 한일어업실무자 회담이 중단되는 사태가 발생했다.

일본 측이 한국의 소극적인 협상자세(영해법 개정 통보에도 무반응)를 바꾸어 국면전환을 시도할 목적으로 사용해 봤던 신 영해법에 의한 강력단속과 신 영해침범 한국어선 나포가 실효를 거두어 오히려 한국 측이 한일어업문제를 신속히 해결해야 할 한일 외교현안으로 인식하여 중단된 어업실무자 회담이 1997년 8월 13일부터 속개되어 11월 26일까지 7차에서 10차에 걸친 어업실무자 회담에서 미타결 쟁점(고위급 회담에서 정책적으로 해결지어야 할 사항)을 제외한 거의 모든 사항이 잠정 합의되어 1997년 12월 5일 한일 고위급 회담과 1997년 12월 29일 일본외상(오부치게이조)이 방한하여 미타결 쟁점사항을 일괄 타결 짓고자 시도하였으나 결론을 맺지 못하고 일본 외상이 본국으로 귀국한 후 오히려 한일어업실무자 잠정 합의 사항까지 부인하더니 김대중 대통령 취임직전인 1998년 1월 23일에는 한일어업협정의 종료 통보(일방파기)를 해옴으로써 한일 외교현안이 문민정부에서 국민정부로 넘어오게 된 것이다.

3) 제3단계 : EEZ 수역설정 및 어업협상 일괄타결 단계

한일어업실무자 협상에서 합의를 도출해 내지 못하고 고위급 정치협상과제로 넘겨버린 미타결 쟁점인 동해 측 해역의 중간수역(일본 측은 잠정수역) 설정범위와 서쪽한계선 및 동쪽한계선의 획정문제를 놓고 한국 측의 양보를 얻어내기 위한 협상(어업실무자 및 고위급 회담 포함) 과정에서 기존의 한일어업협정을 파기(협정종료 통보를 통한 문제해결)하겠다고 협상카드로 사용해 왔던 무기를 한국이 경제적인 위기(IMF사태)와 새로운 국민정부 출범을 앞둔 정권교체기의 과도기로 여타 외교적 문제에 신경쓸 경황이 없는 시기인 1998년 1월 23일(1998년 1월 25일 김대중 대통령 취임)에 협박용의 수준을 넘어 일방적으로 협정파기(협정종료 통보: 통보 일로부터 1년 이후 효력상실)를 해옴에 한국 측도 1998년 1월 24일에 조업자율규제 조치를 철회(통보일로부터 효력상실)하는 등 대응조치를 한 바 있으나 일본 측의 계속되는 한국어선의 나포로 한국국민의 반일감정이 극에 달해있는 상황에서 국민정부가 출범된 것이다.

일본 측의 어업협정 파기 선언(종료통보)으로 한국 측은 1년짜리 시한폭탄을 안고 쫓기는 입장에서 중단되어 있는 한일어업협상을 빠른 시일 내에 재개시켜 현안문제를 해결해야 할 실정이었고, 일본 측 입장에서도 이 문제를 잘못 건드려 한일 간에 해결할 길 없는 파국상태로 몰고 갔다가는 오히려 더 큰 손해를 입을 수도 있으며 빠른 시일 내에 문제를 해결할 목적에서 던진 카드였기 때문에 1998년 4월 22일 한일 정상회담에서 주요 의제로 채택하여 일본 측에 의해 중단된 한일어업협상을 조기 타결 짓기로 합의됨에 따라 1998년 4월 29일에 1998년(3단계) 제1차 어업실무자 회담이 재개되었다.

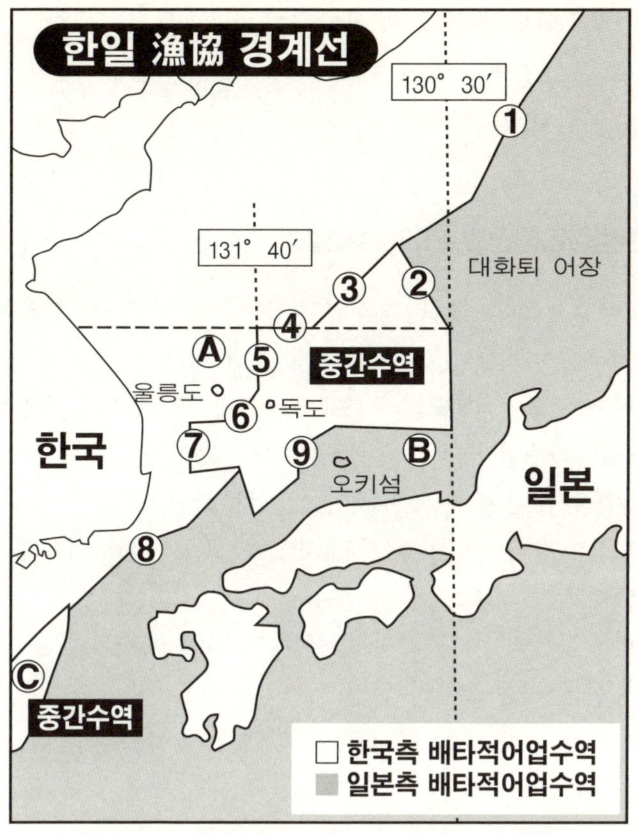

[그림1] 신한일어업협정 배타적 어업수역도

한국 측이 긍정적인 회담분위기 조성을 위해 1998년 7월 1일에는 자율조업규제조치를 복원하고 1998년 7월 2일부터 8월 28일에 걸쳐 2~5차 어업실무자회담을 통해 일본 측에 의해 일방적으로 파기해 버린 1997년 실무자회담에서의 잠정 합의사항을 다시 복원시켜 그 내용을 정리하는 절차를 밟았으며, 미처리 쟁점사항은 정치협상과 어업실무자협상을 동시 가동하여 해결하는 접근방식을 채택하여 1998년 9월 17일의 6차, 1998년 9월 24일의 7차 어업실무자 회담과 그간 국무총리, 외교통상부장관, 해양수산부장관, 박태준 자민련총

재, 김봉호 국회부의장 등이 방일하여 미처리 쟁점사항을 정치적으로 해결해 줌으로써 1998년 9월 25일 장장 2년 4개월에 걸친 한일어업협상이 일괄타결 되었다.

2. 신한일어업협정과 EEZ 수역설정

신한일어업협정에 의한 경계선은 그림1과 같으며 양국의 치열한 협상 결과 매우 복잡한 모양을 띠게 됐다.

① 러시아와 일본의 배타적경제수역 (EEZ 2백해리 주안선)

②「135도 30분이 대화퇴 어장을 너무 많이 준다」는 일본 어민들의 주장 때문에 한국이 막판에 양보하면서 꺽인 선 때문에 대화퇴 어장의 중간수역 포함비율이 70%~80%에서 50%선으로 줄었다.

③ 북한~일본의 EEZ 가상 중간선

④ 남북한 군사분계선의 연장선

⑤ 울릉도를 기점으로 한 35해리 배타적 수역선의 동쪽 끝을 수직으로 올린 선

Ⓐ. 일본이 동쪽한계선을 둔 이유를 들어 중간수역의 서쪽한계선을 주장한 한국주장이 받아들여져 한국측 배타적 어업수역이 된 곳

⑥ 울릉도 기점 35해리의 곡선

⑦ 육지에서 35해리의 곡선

⑧ 한국과 일본의 EEZ 가상중간선

⑨ 일본 오키섬 기점 35해리 선

Ⓑ. 양국 협상원칙에 의하면 중간수역이 돼야 하지만 한국이 대화퇴 어장을 얻기 위해 일본측 배타적 수역으로 양보한 곳. 한국은 대신 울릉도 옆 Ⓐ수역을 확보했다.

ⓒ. 기존 대륙붕 협정과 일본 남쪽의 일부 무인도 등 문제로 인해
  선을 긋지 못하고 두게 된 남해의 중간수역

  신한일어업협정의 주요 내용으로서는 협정수역을 배타적경제수역
과 중간수역으로 구분하였으며, 배타적경제수역은 각국 연안으로부
터 35해리로 외국어선은 연안국주의로 연안국의 관할 하에서 조업
할 수 있으며, 중간수역은 공해와 마찬가지로 양국어선이 기국주의
에 의거 자유롭게 조업할 수 있는 수역임.
  다음으로 중간수역의 서쪽한계선인 동경 131° 40′은 일본 측이 오
키도 기점 200해리 지점을 제시하여 설정된 선이며, 동쪽한계선은
일본 측이 울릉도 기점 200해리 지점인 동경 135°를 주장한 반면 한
국 측은 회담초기에 대화퇴 어장을 포함하여 서일본 해역쪽에 넓은
수역의 중간수역(잠정수역)을 확보하기 위해서 137°를 주장했으나
한일 양국의 EEZ경계선(등거리 중간선을 고려치 않는 200해리선)
의 중복수역을 중간수역(잠정수역)으로 해야 한다는 일본측 주장에
합의하여 독도 기점 200해리 지점인 동경 136°를 주장하다 피차 서
로 양보하여 135° 30′으로 합의하여 확정된 선이다.
  서울대학교 신용하 교수는 신한일어업협정상의 서쪽한계선인 동
경 131° 40′ 선은 독도와 울릉도간의 EEZ 중간선이며, 일본 측이 독
도를 자국의 유인도로 간주하여 EEZ중간선에 해당되는 동경 131°
40′을 동해중간수역의 서쪽 한계선으로 제시하였는데 이를 한국 측
이 받아들여 조인했기 때문에 독도 영유권에 많은 훼손을 시켰다는
주장을 하고 있으나, 이것은 무엇인가 사실 자체를 잘못 인식한 데
서 오는 오류 내지 인식차이가 아닌가 여겨진다. 왜냐하면 독도를
자국국민이 거주하는 유인도로 간주했다는 추리부터가 현실과 거리
가 먼 애기이며, 동경 131° 40′이라는 지점이 울릉도와 독도 간 중간
지점이 아니고 일본의 오키도로부터 200해리 되는 지점이기 때문이

다. 동경 131° 40′ 이라는 지점이 그렇게 중요한 의미를 가지고 있다면 동쪽 한계선에도 똑같은 의미를 부여할 수 있을 것이다.

일본 측은 처음부터 울릉도 기점 200해리 지점인 동경 135° 동쪽 한계선으로 주장했고, 한국 측은 독도 기점 200해리선인 동경 136° 동쪽 한계선으로 주장하여 한치의 양보도 없는 평행선을 오랫동안 그어오다 이것이 문제가 되어 일본 측이 한일어업협정 일방파기(협정종료 통보)라는 무기를 사용했고, 양국 고위급 정치협상을 통해 서로 양보하여 동경 135° 30′ 선으로 결정된 것이다.

이렇게 결정하다 보니 대화퇴 어장의 대부분이 중간수역에 포함되어 일본 측이 양보하기 어려운 입장이 되자 한국 측이 대화퇴 어장의 반쪽(50%선)정도를 중간수역에 포함시키는 선에서 양보하여 협상타결을 지었던 점으로 봐서 그러한 의미보다는 어떻게 하면 자국 관할하의 EEZ 수역을 많이 확보하여 자국 어민의 권익을 최대한 확보할 것이냐에 기준을 두고 이루어진 협상임을 알 수 있을 것이다.

IV. 신한일어업협정이 독도 영유권에 미치는 영향

1. 동해 중간수역 설정과 독도 영유권과의 관계

신한일어업협정의 내용과 결과를 가지고 학계와 정부간에 뜨거운 논쟁이 벌어지고 있다.

사단법인 독도보전협회 회장직을 맡고 있는 신용하 교수는 신한일어업협정이 독도 영유권에 심각한 훼손을 시켰다고 강력히 반발하면서 재협상을 통해 EEZ 경계선을 확실히 획정해야 한다고 주장하고 있다. 그의 주장을 그대로 옮겨보면 다음과 같다.

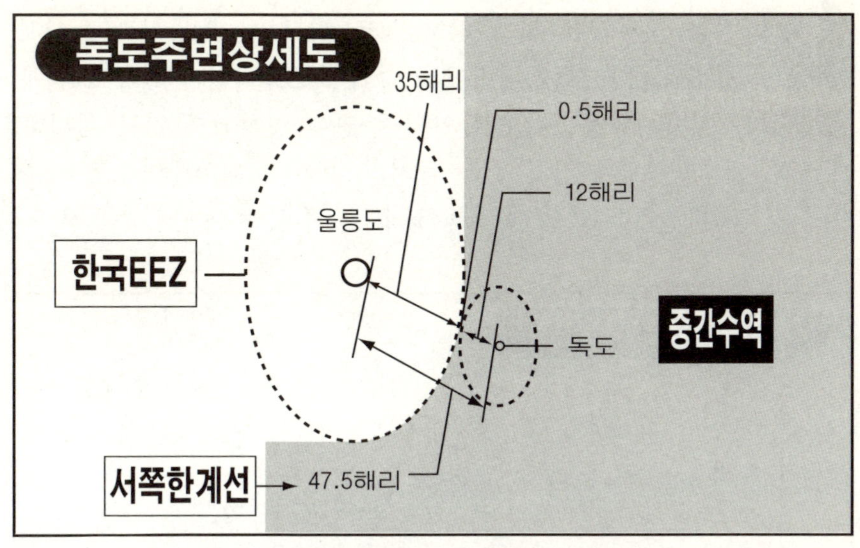

[그림2] 독도주변 배타적 어업수역 상세도

신용하 서울대교수는 독도연구보전협회가 주최한 '독도영유권과 신 한일어업협정의 재검토' 세미나에서 "새 한일어업협정은 미래지향적인 한일 관계가 아니라 과거문제로 계속 분쟁을 벌이는 한일 관계만을 조장할 것"이라고 하면서, 신한일어업협정에서 중간수역을 설정해 독도를 거기에 넣어 버렸으며, 독도 영유권과 관련해 우리가 전적으로 소유한 국제법적 지위를 일본과 양분하게 한 것이다. 외교통상부에서는 어업협정은 영토문제와는 전혀 관계가 없는 협정일 뿐이라고 하지만 독도 영유권 때문에 중간수역이 설정됐다. 영유권은 역사적으로 권원, 국제법적지위, 실효적 점유 등 세 가지 측면에서 보장된다. 우리는 세 가지를 완전히 갖고 있었다. 그런데 독도를 중간수역에 넣어줌으로써 일본에 국제법적 지위를 준 것이다.

독도 주변에 12해리 영해를 설정해 중간수역에서 제외해 영유권을 보장했다고 정부 측은 주장하고 중간수역이 '공해'의 성격이라고 하지만 어획량과 바다관리를 일본 쪽과 협의하고 있어, 일본에서는 '한일 공동관리수역'이라고 해석한다. 또한 새 협정에 '독도'라

는 명칭 등을 전혀 사용하지 않고 경도 위도 상의 위치로 표시해
한국 측 영토라는 시사는 어디에도 없다. 독도는 이제 울릉도의 부
속도서가 아니라 공동관리수역 안의 주권이 명시되지 않는 섬이다.
일본의 협상전략에 완전히 말려 들어간 것이다. 대처방안으로서 재
협상을 통해 경계를 다시 확정해야 할 것이라고 강력히 주장한 바

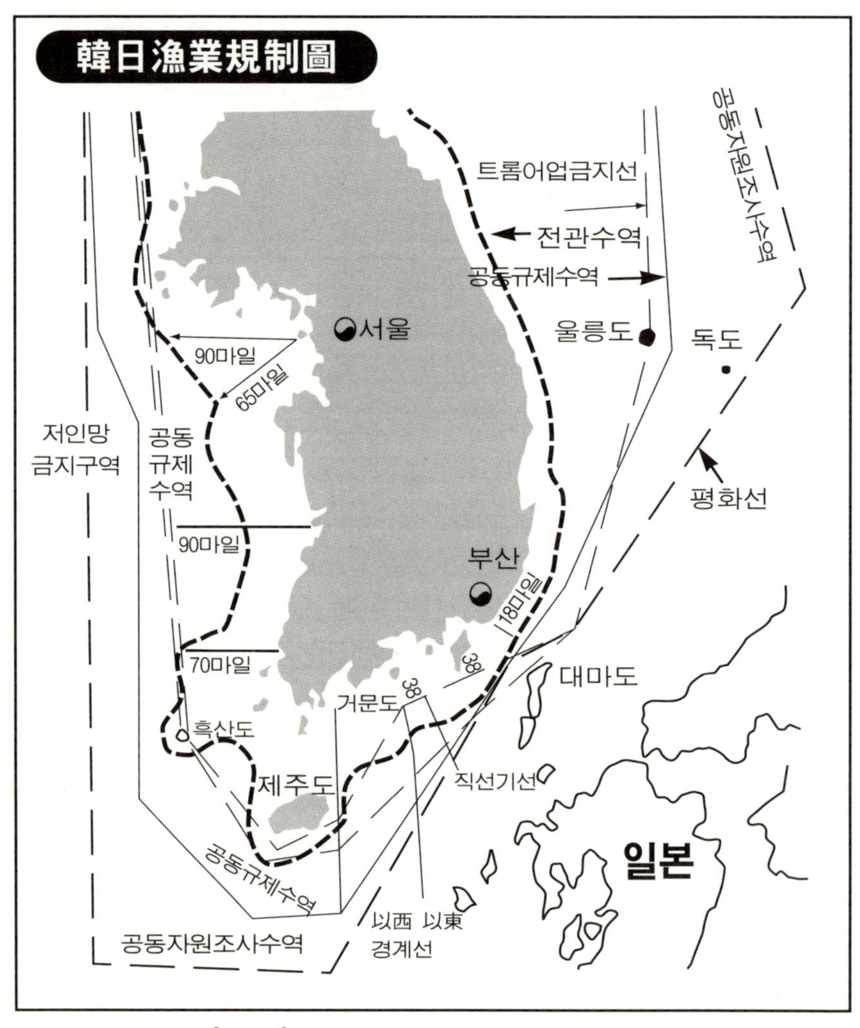

[그림3] 구한일어업협정상의 어업규제도

있다.

 신한일어업협정이 독도 영유권에 어떠한 영향을 미쳤는가? 정말 영유권에 심대한 훼손을 시킬 수 있는 요인이 있는가를 신한일어업협정상의 독도주변 상세도(그림2 참조)에 의해 검토해 보면 분명히 독도는 12해리 영해를 가지고 있으나 울릉도 기점의 EEZ 설정수역과 접속되지 못하고 중간수역으로 포위되어 있는 것만은 사실이다. 기존의 한일어업협정 상의 독도 지위는 어떠한가? 거기에도 지금과 같이 공동규제수역(공해)에 포위되어 있다. 기존의 공동규제수역과 신한일어업협정상의 중간수역이 국제법상 어떠한 성질을 가지는가? 아마 신용하 교수는 한국이 일방적으로 선포하여 배타관리를 했던 과거 평화선 내의 독도로 표기되어 있는 우리관할 수역내의 독도와 신한일어업협정상의 중간수역에 포함되어 있는 좌표로만 표기된 독도를 상호비교하여 주장하는 것이 아닌가 여겨진다. 기존의 한일어업협상의 어디에도 독도 표기는 없기 때문이다. 누가 뭐라 하더라도 독도는 우리의 고유영토이며 한국의 실효적 지배를 신한일어업협정 당사국인 일본이 어쩔 수 없이 인정하여 체결된 것만은 사실이다.

 한일어업관계에서 평화선이 한일어업협정으로 대체될 때는 실질적으로 독도의 영유권을 심대히 훼손시켰다고 볼 수 있다. 그러나 이번 신한일어업협정이 독도 영유권에 긍정적 영향도 부정적 영향도 미치지 않는 것이 명백하며 협상초기에 독도 문제는 현상유지(한국의 실효적 지배사실 인정)를 하고 이번에는 어업문제만으로 한정하여 협정안이 체결되었기 때문이다. 서울대 신용하교수의 주장은 이번 EEZ 수역설정 및 신한일어업협상에서 독도 인근수역을 일본 측의 주장에 끌려 잠정협정으로 결론 낼 것이 아니라 차제에 EEZ 경계선을 획정하여 독도 영유권을 확실히 확보했어야 한다는 내용으로 봐야 할 것이다. 그러나 현실은 한일 상호주의의 역학관계에서 어려움이 있기 마련이며 독도 문제만은 현상유지에 최선을 다

한 결과 영유권에 긍정적인 면도 발견할 수 없으며 그렇다고 부정적인 면도 발견할 수가 없다. 기존 한일어업협정상의 독도지위와 신한일어업협정상의 독도지위에는 영유권에 어떠한 영향을 끼칠 아무런 요인을 발견할 수 없는 것만은 객관적으로 확인된다. 그러나 대다수 국민감정은 신한일어업협정이 당국의 외교협상력 부재로 독도영유권이 실질적으로 훼손되지 않았다 하더라도 명분상으로는 많이 훼손되었다는 인식이 팽배하고 있다.

2. 독도(獨島) 영유권 주장의 한일 비교

1) 일본 측의 독도 영유권 주장의 논거

독도에 대한 일본의 영유권 주장의 핵심적 논거를 면밀히 분석해 본 결과 한반도 조선독립국을 강점하여 그들의 속국으로 만들기 위해 침략의 마수를 뻗쳐오던 20세기 초로부터 시작되는 지금으로부터 100여년에 걸친 근현대사에서 찾을 수 있다.

일본 독도 영유권의 시원(始原)이 1905년 독도를 시마네현에 편입시킴으로써 이를 적합하고 유효하게 선점하였다는 것에 근거하고 있으며, 국제사회가 이를 인정하여 센프란시스코 미일강화조약[4]을 통해 독도가 국제법상 일본의 고유영토로 편입시켜 주었는데 한국이 부당한 방법으로 강점하고 있다는 것이 일본 측의 독도 영유권의 핵심 논거이다.

일본 측의 주장에서 1905년 무주지인 독도(리앙끄르시마)를 시마네현의 영지(다께시마)로 편입시켰다는 논리는 한국이 역사적으로 독도에 대한 영역 주권을 행사해 왔던 많은 역사적 기록들을 보유하고 있다. 구한 말 당시에도 고종 37년(1900년) 칙령(勅令) 제41호

---

4) 연합국들이 전후 일본과의 관계를 정립하기 위하여 미국의 센프란시스코에서 강화조약을 작성하여 체결하였는데 이 조약에 일본의 영토조항이 들어가 있다.
리앙쿠르암을 독도로 부르고 있었다.

로서 행정구역 조정을 단행하여 울릉도를 울도로 개칭 군(郡)으로
승격하여 부속도서인 죽도(竹島)와 석도(石島: 지금의 독도)를 행
정관할토록 하였다.[5] 사적 기록 등으로 유추해 볼 때 일본 측의 논
거는 객관성이 없다. 또한 당시가 일본국이 군사력과 정치적 강압으
로 1904년 2월 23일 한일의정서를 체결하고 1904년 8월 22일 한일협
약을 성립시킨 이후의 일이며 독도 영토편입을 주장하는 1905년은
을사보호조약으로 구한국 정부의 외교권마저 박탈당했던 시기이다.

그리고 1905년 2월 22일 시마네현 고시(告示)가 국제적인 공시성
을 갖추지 못한 것이었고, 한국에 대한 공식적인 통보가 없었던 점
또한 일본의 제국주의적 마각을 그대로 드러낸 것이다. 일본측이 독
도영토편입 사실을 공식적으로 한국에 알린 것은 1906년 3월 28일로
서 시마네 현의 관리들이 다께시마(우리명 독도)를 시찰하고 돌아
가는 길에 일부러 울릉도를 방문하여 울릉군수 심흥택에게 「1905년
독도가 일본영토에 편입되었다」는 사실을 뒤늦게 통보하는 교활한
방식을 채택하였다.

이 사실을 통보받은 울릉군수 심흥택의 즉각적인 반응과 중앙 정
부에 그 부당성을 보고하고[6] 이에 따른 구한국 정부관리들의 조치
등을 당시 외교권을 박탈한 조선통감부가 너무나 잘 알고 있었던
사항이며 그러한 사적 기록들이 남아있어 독도의 무주지 주장은 성
립될 수가 없는 원인무효에 해당되는 영토편입이다. 일본 측이 당시
독도가 서구 열강들에 의해 무주지라고 입증시켜주는 유일한 증거
로서 서양식 독도명인 리앙꾸리시마(Liancourt Rocks)[7]를 다께시마
(竹島)로 명명하여 시마네현에 편입시켰다는 논리는 한국이 독도에

---

5) 고종 「칙령」제41호, 구한국 관보 제1716호, 광무4년 10월 27일자

6) 1906년 3월 28일에 울도군수 심흥택이 일본 시마네현 시찰단의 통고로 이를 알게
   되어 이를 상부에 보고하는 공문서에서 독도(돌섬)를 獨島로 표기하여 이의 부당
   성을 알렸다. 이는 당시 울릉도 이주민의 60%가 전라도 출신이였으며 전라도 방언
   독섬(돌섬)을 한자로 음역하여 공문서에 사용한 것이며 당시 울릉도 주민들은 리
   앙쿠르암을 독도로 부르고 있었다.

대한 영토주권을 역사적으로 지속적으로 행사해왔던 사실을 전혀 모르는 상태에서 프랑스의 행위는 있을 수 있는 일이다. 그렇다고 프랑스가 동해의 독도를 처음 발견했다는 사실을 한국이나 일본인 중에서 믿을 사람은 하나도 없을 것이며, 이를 근거로 하여 리앙쿠르암을 붙들고 늘어지면서 독도를 일본의 고유의 영토라고 주장하는 일본의 논리 또한 허무맹랑한 억지 주장일 따름이다.

1945년 8월 15일 일본의 무조건 항복을 접수한 연합국은 동경에 연합국 최고사령부를 설치하여 일본의 전후처리문제를 담당하도록 하였다. 연합국사령부가 일본의 행정을 통제하기 위하여 1949년 1월 29일 일본의 영토에 관한 지령(SCAPIN 제 677호)을 일본정부에 전달하게 되는데 그 내용이 이 규정의 3항에 규정되어 있는데 일본의 영토는 일본의 4개 본도와 쓰시마섬 및 북위 30도 이북의 류큐(쿠지노시마 제외)를 포함하는 약 1천개의 더 작은 인접 섬들을 포함한다고 정의된다. 그리고 (a) 우츠로(울릉도), 리앙쿠르암(독도), 그리고 켈피드(사이슈 혹은 제주) (b)…(중략)을 제외한다라는 규정에 의해 독도를 한국의 영토로 분류하고 있다.[8] 그리고 뒤이어서 하달된 SCAPIN 제 1033호(1949. 6. 22)의 3항 b에서는 「b. 일본인의 선박 및 승무원은 금후 북위 37도 15분, 동경 131도 53분에 있는 리앙쿠르암의 12해리 이내에 접근하지 못하며 또한 독도에 어떠한 접근도 하지 못한다」라는 규정으로 독도가 한국영토로 분류되고 있었다.[9]

동경의 연합국 사령부와는 별도로 미국을 중심으로 한 연합국들이 전후 일본과의 관계를 정립하기 위하여 「대일강화조약」을 체결하기 위하여 조약문작성에 들어갔는데 제1차 초안(1947. 3. 20)에서

---

7) 1849년 프랑스 포경선 Liancourt호가 독도를 발견(?)하고 이를 해도상에 Liancourt Rocks로 명명하였다.
8) 김병열 앞의 책, 414-417 쪽 참조.
9) 김병열 앞의 책, 414-417 쪽 참조.

제5차 초안(1949. 11. 2)까지는 리앙쿠르암(독도:일본명 다께시마)이 한국영토로 분류되고 있었다.[10] 그런데 제6차 초안(1949. 12. 29)의 영토관련 규정에서 리앙쿠르암(독도)이 일본의 영토(제3조)로 표기되고 한국의 영토(제6조)에서는 삭제되었으며 그 이유를 주석서에 따로 명기하였는 바 그 내용은 다음과 같다.[11]

다께시마(리앙쿠르암)

일본해내에서 거의 한국과 일본으로부터 동거리에 위치한 두 개의 사람이 살지 않는 소도서인 다께시마는 1905년 일본에 의하여 정식으로, 명백하게 한국으로부터 항의를 받은 바 없이, 영토로 주장되고 시마네현의 오키지청 관할하에 두어졌다.

이 섬은 강치의 서식지로 오랫동안 일본의 어부들이 일정한 계절에 건너갔었던 기록이 있다. 서쪽으로 근거리에 있는 다쥴레섬과는 달리 다께시마는 한국 이름도 없고, 한국에 의해 영토로 주장되었던 것으로 보이지도 않는다. 이 섬은 점령 중 미군에 의하여 폭격기지로 사용되었으며 기상 혹은 레이다기지로서의 가용성이 있는 것으로 보인다.

이 내용으로 볼 때 당시 일본은 독도를 일본 영토라고 주장하기 위하여 1905년 시마네현 편입 증거자료와 죽도도해면허(竹島渡海免許) 등 독도에 대하여 보다 확실한 자료를 제시하면서 영역주권행사의 역사적 사실 하나 하나를 열거하여 주장하였다. 그렇듯이 우리가 이를 반박하고 독도가 한국의 주권이 행사되어 왔다는 역사적 사실을 증빙자료와 함께 주장했더라면 남사군도의 무인도와 같이 미국은 독도가 일본영토라고 하는 의사표시를 하지 않았을 것으로 보인다. 그런데 우리 정부는 그에 대한 적절한 조치를 위하지 못한

---

10) 김병열 앞의 책, 418쪽
11) 김병열 앞의 책, 436쪽

것으로 확인되었다.

그러함에도 불구하고 맥아더라인이 폐쇄(1952. 4. 25)되기 직전에 우리나라는 인접해양에 대한 주권선언인 평화선(1952. 1. 18)을 선포하여 독도를 한국 측 관할수역내의 한국영토로서 실효적 지배를 할 수 있는 여건을 마련하여 평화선 침범 일본어선을 나포하는 등 경비를 강화하였으며, 뒤이어 미국 일본간의 센프란시스코 강화조약이 발효(1952. 4. 28)됨에 따라 국제사회와 연합국이 일본영토로 확인하여준 국제법상 고유의 일본 영토를 강화조약 발효와 동시 찾아내지 못하고 한국 측에 강탈당했다고 피를 토하면서 독도영유권 분쟁을 야기시켰던 일본당국의 처사를 이해할 수 있을 것이다.

당시 독도영토분쟁 사례로서는 일본의 어업지도선 도근환(島根丸)의 독도침범(1952. 5. 28)과 일본 수산시험선이 미국기를 게양하고 독도를 침범하여 우리 조난 어민위령비를 파괴(1952. 6. 25)하였는가 하면 일본인 8명이 독도를 무단 상륙하여 협박 파괴 행위를 자행(1952. 6. 27)하였다. 그리고 일본해상 보안청 순시선 2척이 미국기를 게양하고 독도를 침범하여 자국의 경계표목과 게시판을 설치(1952. 6. 28)하는 등 만행을 저질렀다. 1952년 7월 12일에도 일본어선이 독도를 침범하여 한국경찰과 충돌하였으며 1952년 9월 17일에는 일본수산시험청 선박이 독도를 침범하여 일본관리 다수가 독도를 상륙하는 등 독도분쟁을 국제사회로 끌고가기 위해 가용수단을 총동원하였으나 미국은 일본편이 아니었다.[12]

2) 미일강화조약의 효력과 독도의 영유권 귀속에 관한 한국 측 논거

한국은 미일강화조약의 조약체결 당사자가 아니며 제3자이다. 조약은 조약을 체결한 당사자만을 구속할 뿐이지 제3자에 대해서는

---

12) 독도학회, 「독도영유권 문제와 해양주권의 재검토」, 1998, 156-160쪽 참조.

구속력이 없으므로 한국에는 그 효력이 미치지 않는다. 특히, 본 조약은 제3자인 한국에 대해서는 새로운 의무와 피해를 줄 수 있는 사항이기 때문에 반드시 조약당사자가 아닐지라도 입회인의 자격으로 서명날인이 되던가, 그렇지 않으면 서면으로라도 한국의 동의가 있어야만이 효력이 발생될 수 있는 사항이라고 보며, 한국이 이에 구속될 의무도 전혀 없다.

독도는 본래부터 한국의 고유영토였으며 일본의 1905년 독도편입 자체가 원인무효의 필요충분요건을 갖추고 있기 때문에 미일강화조약의 독도에 대한 일본영토편입 자체도 원인무효일 것이다.

결론적으로 독도가 본래부터 한국의 영토였으며 실효적 지배를 하고 있는 한국의 독도영유권의 지위에는 어떠한 경우라도 하등의 변화가 생길 수는 없는 것이다.

V. 독도의 항구적인 보전대책

독도 영유권에 대한 한일 간의 영토분쟁은 현상유지 상태에서 장시간 끌려가면서 한국의 고유영토로 자리매김될 것이 확실하나 한국이 실효적 지배에 안주하여 국제법상 독도의 영유권 문제를 근본적으로 해결하지 않는다면 계속 한일간에 외교마찰을 통한 영토분쟁이 지속될 것으로 예견되며, 이를 근본적으로 해결하기 위해서는 가능한 한 빠른 시일 내에 일본이나 국제사회가 인정할 수 있는 유인도(An Lsland)화가 절실히 요구된다 할 것이다.

그 접근방법으로서는 자본주의 시장경제원리와 거주이전의 자유가 보장된 여건 하에서 계절적 일시거주가 아닌 소득이 보장되는 5가구 정도의 상주 유인도서화를 추진해야 한다.

그 구체적인 방법으로서는 첫째로, 정부주도하의 독도개발정책은 이미 많은 예산을 투입하여 일본의 반응과 일차검증을 거친 선착장 및 어업인용 연립주택과 앞으로 독도에 상주할 어업인들이 어업생산수단(어선) 등을 안전하게 계류시킬 수 있는 최소한의 방파제 시설만으로 제한하여 금후 일본 측을 자극할 개발시책을 지양하고 정착의지를 가진 5가구 정도가 영어조합법인을 설립토록하여 독도군도의 공동어장(마을어업권) 배타관리 이용권만 부여한다면 충분한 소득원이 확충되어 상주가 가능할 것이다.

둘째로, 5가구 정도로 조직된 영어조합법인이 생산을 조직화하여 독도군도 해암에 서식하는 미역, 다시마 등 해조류와 전복, 소라, 성게 등 패류자원의 배타관리 이용권만 부여한다면 충분한 소득원이 확보될 것이며, 이와 병행하여 구획 또는 연안어업의 허가어업(이각망, 통발어업, 연안연승어업 등)으로 주년 조업이 가능하기 때문에 민간인 출입통제 정책과 각종 규제가 풀린다면 민박과 연계된 낚시어선업을 관광레저와 연결하여 소득원화 할 수 있다.

셋째로, 5가구 정도의 주민이 항구적으로 상주할 수 있는 거주 및 생활환경을 정부지원과 상주 주민들의 공동투자에 의해 조성하기 위해서는 독도 육지부에 용도에 따른 지적지번을 부여함과 동시 주거 용지에 표준지 공시지가를 매겨 불하하고 당국이 정책적으로 마련해둔 어업인 연립주택까지 매각하여 시장경제원리에 입각한 거주이전의 자유가 보장된 여건 하에서 5가구 정도의 주민이 거주할 수 있는 여건을 조성하고 독도의 입도허가제의 규제도 풀어야 할 것이다.

넷째로, 상주 주민들의 유일한 생산수단인 어선들을 계류관리하고 폭풍으로부터도 안전관리 할 수 있는 최소한의 방파제 시설을 기존 선착장과 연계하여 시설하고 영어조합법인의 보유 생산수단(5톤급 FRP어선과 부속어장관리선 등)의 지원과 주거용 주택도 마련(당국이 마련해둔 다세대 연립주택과 함께 현금 또는 융자지원에 의해 확보)토록 하여야 한다.

다섯째로, 5가구 상주가능 식수원이 독도 내에 있다고 하나 정부의 지원으로 해수담수화 시설을 하여 독도 수비대와 공용 식수원을 확보하면 될 것이며, 불(전기)의 문제도 독도수비대의 발전시설을 공동이용하는 방안을 마련할 수 있을 것이다.

여섯째로, 동해시와 낚시관광객 수송 헬기 공중교통망 체계 구축(독도수비대 헬기장 사용)과 울릉도를 모도로 한 해상정기 교통망 구축: 3~5일제 운행(생활필수품, 낚시 관광객 수비대 경찰 이용)하던가 울릉수협이 수산물 공동운반선 운영방안도 검토해 볼 수 있을 것이다.

일곱째로, 해풍에 강하고 독도에서 쉽게 식생할 수 있는 아열대 상록수를 대대적으로 식재하여 푸른 독도를 가꾼다면 멀지 않은 장래에 독도는 자연과 인간이 조화롭게 공생하는, 일본이나 국제사회에서 공인하는 유인도서가 될 것이다.

VI. 결 론

공해자유원칙이 지배했던 구해양질서가 UN해양법협약의 발효로 사라지고 신해양시대가 도래함에 따라 한일어업관계도 그에 걸맞게 재편되는 과정에서 신한일어업협정이 체결되었는데 이를 과거 한일어업협정과 비교하여 손익을 평가하는 것은 적절치 않다. 1965년 한일어업협정이 12해리 어업전관수역(영해)과 공동규제수역(공해)을 전제로 한 한일어업관계였다면 신한일어업협정은 200해리 배타적 경제수역(EEZ)이라는 전혀 다른 전제에서 새롭게 전개되는 한일어업관계이기 때문이다.

또한 종래의 공동규제수역(공해)에 포위된 독도와 신 협정의 중간수역에 포위된 독도의 영유권 훼손유무 또한 상호 비교하는 것도 적절치 않으리라고 본다.

한일 양국의 신한일어업협정의 비준과 발효로 독도의 영유권 문제와 인근수역의 EEZ 경계선 획정 등의 문제는 상당기간 유보된 채 신한일어업협정상의 중간수역으로 현상유지 될 것이 예견되므로 이 기간 중에 무인도인 독도를 민간주도하에 시장경제원리와 거주 이전의 자유가 보장되면서 계절적 거주가 아닌 년중 5가구 정도의 주민이 상주하는 유인도로 가꾸어 국제법상 영유권의 확실한 지위를 확보토록 해야 할 것이다. ☯

부　　록

1. 대한민국 인접해양의 주권에 대한 대통령의 선언

(평　　　화　　　선)

대한민국 인접해양의 주권에 대한 대통령의 선언
(1952년 국무원고시 제14호)

국무회의의 의결을 거쳐 인접해양에 대한 주권에 관하여 다음과 같이 선언한다.
1952년 1월 18일

대통령	이승만
국무위원 국무총리서리	허　정
국무위원 외무부장관	변영태
국무위원 국방부장관	이기붕
국무위원 상공부장관	김　훈

확정한 국제적 선례에 의거하고 국가의 복지와 방어를 영원히 보장하지 않

으면 안될 요구에 의하여 대한민국 대통령은 다음과 같이 선언한다.

1. 대한민국정부는 국가의 영토인 한반도 및 도서의 해안에 인접한 해붕의 상하에 기지되고 또는 장래에 발견될 모든 자연자원 광물 및 수산물을 국가에 가장 이롭게 보호, 보존 및 이용하기 위하여 기 심도여하를 불문하고 인접해양에 대한 국가주권을 보존하며 또 행사한다.

2. 대한민국정부는 국가의 영토인 한반도 및 도서의 해안에 인접한 해양의 상하 및 내에 존재하는 모든 자연자원 및 재부를 보유, 보호, 보존 및 이용하는데 필요한 좌와 여히 한정한 연장해양에 향하여 기 심도여하를 불구하고 인접해양에 대한 국가의 주권을 보존하며 또 행사한다. 특히 어족 같은 감소될 우려가 있는 자원 및 재부가 한국주민에게 손해가 되도록 개발되거나 또는 국가의 손상이 되도록 감소 혹은 고갈되지 않게 하기 위하여 수산업과 어렵업을 정부의 감독하에 둔다.

3. 대한민국정부는 이로써 대한민국정부의 관할권과 지배권이 있는 상술한 해안의 상하 및 내에 존재하는 자연자원 및 재부를 감독하며 보호할 수역을 한정한 좌에 명시된 경계선을 선언하며 또 유지한다.
이 경계선은 장래에 구명될 새로운 발견, 연구 또는 권익의 출현에 인하여 발생하는 신정세에 맞추어 수정할 수 있음을 겸하여 선언한다. 대한민국의 주권과 보호 하에 있는 수역은 한반도 및 그 부속도서의 해안과 좌의 제선을 연결함으로써 조성되는 경계선간의 해안이다.

ㄱ. 함경북도 경흥군 우암령 고정으로부터 북위 45도 15분, 동경 130도의 점에 이르는 선
ㄴ. 북위 45도 15분, 동경 130도 45분의 점으로부터 북위 38도, 동경 132도 50분의 점에 이르는 선
ㄷ. 북위 38도, 동경 132도 50분의 점으로부터 북위 35도, 동경 130도의 점에 이르는 선
ㄹ. 북위 35도, 동경 130도의 점으로부터 북위 34도 40분, 동경 129도 10분의 점에 이르는 선
ㅁ. 북위 34도 10분, 동경 129도 10분의 점으로부터 북위 32도, 동경 127도의 점에 이르는 선
ㅂ. 북위 32도, 동경 127도의 점으로부터 북위 32도, 동경 124도의 점에 이르는 선

ㅅ. 북위 42도, 동경 124도의 점으로부터 북위 39도 45분, 동경 124도의 점에 이르는 선

ㅇ. 북위 39도 45분, 동경 124도의 점으로부터 (평안북도 경천군 신도열도), 마안도 서단에 이르는 선

ㅈ. 마안도 서단으로부터 북으로 한만국경의 서단과 교차되는 직선

4. 인접해양에 대한 본주권의 선언은 공해상의 자유항행권을 방해하지 않는다.

[평화선 - 어업관할수역도]

반일이냐, 극일이냐, 제3의 선택이냐?

-이승만 대통령의 '평화선' 선언에 대하여

정 정 길

· 부산수산대학 졸
· 수협중앙회 근무
· 단양문학회 초대회장 역임
· 사)국제미술작가협회 문예위원장
· 한국문인협회,
  한국문인명예운동본부 회원
· 시집 : 〈엄마바위 애기바위〉외 8권
· 주소 : 충북 단양군 단양읍 상진리
         주공아파트 1동 207호
· 전화 : 011-486-3072

1

그리 멀지도 않는 나라 일본. 부산서 바라보면 손에 잡힐 듯한 대마도. 어째서 그들은 반성을 모를까? 솔직하지도, 정직하지도 못하는 그들의 속성. 반성을 한다고 하는 것이 잘 알아들을 수도 없는 고어를 사용하여 적당히 넘어가려는 이중적 잣대의 야만적 민족성. 도저히 이해할 수 없는 인종들이라 오죽하면 선조들이 왜놈들이라고 불렀을까. 이승만 대통령께서 하신 말씀을 한 번 짚어보고자 한다.

2

때는 6·25전쟁이 한창 급박하게 돌아가던 1950년 8월 하순이다. 상황은 경남 마산의 진동에서 퍼부어대는 포탄이 진해 앞바다에도 떨어지고 있었다. 이 때 대통령은 진해 별장에

계셨는데 어느 날 해군사관학교 졸업식에 참석하고 돌아오던 길이었다. 당시 진해통제부 사령관이던 김성삼 제독이 동승하였다. 대화 내용을 그대로 옮겨 본다.

"우리 해군도 이번 기회에 증강 돼야겠어."

"그렇습니다. 우리에게도 더 많은 구축함과 순양함이 있으면 해상작전뿐만 아니라 후방을 교란시키는 작전에도 많은 도움을 줄 것입니다."

"허나 지금 북괴 해군에 비하면 우세한 편이 아닌가?"

"북괴하고야 비교가 안 되고말고요 그런데 각하."

"응."

"한국에서 전쟁이 일어나는 바람에 일본만 덕을 입게 됐습니다. 일본은 주일미군이 한국에 출동하는 틈을 이용해서 자위대를 무장시킬 방침인 것 같습니다."

"일본의 공산화 저지를 위해서 불가피한 일입네다. 맥아더 장군이 신중하게 검토해 준비시키는 줄 아는데--- 장차는 본격적인 무장군이 될 터이지만 나로서는 찬성하지 않습네다."

"각하! 기왕 일본 자위대를 무장시킬 것이라면 그들을 빨리 무장시켜서 불러들이면 어떻겠습니까."

"뭣을? 불러들여?"

"일본 자위대를 말입니다."

"어디다?"

"우리 한국에 말입니다."

"이자가 정신이 있어? (벼락같이 고함을 치신다.)"

"자네, 일본 자위대를 우리 땅에 불러들이겠다 그 말이야?"

"제 개인의 의견일 뿐입니다."

"당치도 않는 소리야. 우린 공산군에게 총부리를 대기 전에 일본놈이 올라오면 그리로 먼저 총부리를 돌려야해!"

　이 대화의 자료는 김중희가 쓴 대하신록 소설 한국전쟁 제5권에서 발췌하였고, 휘문출판사가 1970년 11월 10일에 5판을 발행한 책이다.

　이 당시 '반일, 반공'이 국시라고 해도 과언이 아니다. 그리고 당장 공산군이 침략하여 전쟁을 치루고 있는 상황하인데도 일본군이 우리를 돕겠다고 온다고 해도 총부리를 일본군 앞으로 돌리겠다는 단호한 의지를 천명하신다. 다소 감정이 없지는 않다. 그러나 그만한 자존심만은 지켜야 하지 않겠는가. 그러한 말씀이 있은 후, 우리는 경제건설을 앞세워 어떤 태도로 일본과의 외교적 자세를 견지해 왔는가. 좀 늦더라도 국민적 합의사항을 가지고 임하였더라면 시행착오를 최소한도로 줄일 수 있었을 것이다. 자성해 볼 일이다. 지난 40년간 한일관계 전반에 걸친 대차대조표를 적나라하게 작성해놓고 아울러서 손익계산서도 정확하게 산출하여 보자. 밀실 야합이라고 국민적 저항에 부딪친 굴욕적 망국의 국교정상화라는 오명의 실체를 분석해서 거울로 삼자. 어차피 왜놈은 왜놈일 뿐이다. 그래서 우리는 우리일 뿐이라는 개념을 정립하고 우리식 합의사항을 도출하여 국제사회에 대응하는 슬기를 모아나가야 한다.

3

　1952년 1월 18일. 대한민국 국무원 고시 제14호. 인접해양 주권에 대한 대통령의 선언이 선포 되었다. 이 선언이 있기까지 당시 상공부 어로과 지철근 과장이 여러 가지 어려운 여건에도 불구하고 초안을 마련하여 정부 각 부처의 동의를 구하는데 성공하여 이루어졌다. 이 당시 극동의 정세는 긴박했다. 1952년 4월 25일이면 맥아더 라인이 철폐되어 우리의 수산자원을 지키기 어려운 형편이었다. 그래서 동 라인이 철폐되기 이전에 주권국가로서의 권리를 행사할 수 있는 어업관할수역 안을 선포해야 하는 절박한 시점이기도 했다. 이러한 사항을 오래전부터 간파하고 있던 지철근 과장이 사무실에서 밤을 세워가며 초안 작업을 서둘렀다. 그러나 문제는 간단하지 않았다. 곳곳에 암초가 놓여 있었다. 문제는 국제법 학자들의 반대였다. 임철호, 서상린, 손원일, 유진오, 장경근 등이 국제법상 말도 안 되는 소리라는 것이었다. 그러나 국제관례를 들어 설득작업을 계속했다. 1945년 12월 17일 미국의 트루만 대통령의 선언에 이어서 아르헨티나, 파나마, 칠레, 페루 선언 등을 예로 들어가면서 선포해야 한다고 역설했다. 드디어 내무부 장관과 법무부 장관이 함상에서 브리핑을 받고 동의를 했고, 변영태 외무부 장관은 추가 안을 삽입하여 재가를 받기로 하였다. 추가 안의 내용은 대단히 중요하다. 눈여겨 볼 대목이다. 지철근 과장이 초안을 만들 때 일제시대에 일본에 의해 작성된 트롤어업금지선을 기준으로 해서 선을 확정하였던 것이다. 어업금지구역을 설정한 관계로 독도가 영토 내에서 빠져 있었다. 그래서 추가로 포함하여 삽입하게 되었다. 이것이 변영태 추가안이다.

재가를 하실 때 대통령은 이렇게 말씀하셨다.

"--아주 썩 좋은 착상을 했습네. 이거 대단히 필요한 일인 동시에 아주 시의에 맞는 조치입네. ---이왕에 어업관할수역을 선포하려면 서해의 대륙붕을 감안해서 해저자원까지 모두 포함한다는 내용을 검토해보시요.--"라고.

여기에 대통령의 특별법률 고문인 닥터 올리버가 반대 의사를 표현하는 재고 요청을 건의했다. 그러자 대통령께서는 아주 강하게 대일관을 피력하신다.

"이거 보라구. 미스터 올리버, 당신의 이야기에도 일리는 있습네. 나 또한 국제법에 대해 문외한은 아닙네. 그러나 당신은 일본이라는 나라에 대해서 그리고 일본국민에 대해서 너무나 모르고 있습네다. 일본이라고 하는 나라는 이미 세계 각국에 대해 그들 자신이 먼저 국제적인 신의를 저버린 아주 간교한 나라다 이런 말입네다. 음흉하고 잔꾀가 많고 국제적인 신의따위는 헌신짝 버리듯 하는 교활한 국민들이다 이런 말입네다. 그 사람들과는 예의바른 신사적인 대화나 국제법규가 통하지 않는 아주 질이 나쁜 사람들입네다. 그런고로 우리는 일본에 대해서는 국제법이라든가 협정이라든가 그 어떠한 약속이라는 것을 할 수가 없다 이런 말입네다. 이제 맥아더 라인이 철폐를 앞두고 그들이 어떠한 행동을 취할 것인가에 대해 잘 알고 있는 관계로 우리는 국제법상 어느 정도 무리가 있더라도 우리의 자원과 우리의 국민을 위해서 또 그들을 보호하기 위해서 우리의 주권을 행사해야하겠다 하는 것입네다."

대통령의 의지는 단호했다. 1952년 1월 18일 해양주권국가로서의 자존심을 선언했다. 정말 국제법상 어느 정도 무리가 있더라도 여론을 무시하고 단행하였다. 참으로 통쾌한 일이 아닌가! 세계 각국은 우리를 향하여 악평을 했다. 그래도 버티어 냈다. 민족의 저력이다. 지금도 우리에게는 그런 힘이 있다. 하얼빈에서 홍구공원에서 우리는 저들을 향하여 싸웠다. 이 선포가 있고난 후 1년이 지난 후부터였다. 세계 여론이 너무 좋지 않아 1953년 2월 8일 외교부 성명을 발표했다.

"한국이 인접해양에 관한 주권선언을 한 주 목적은 한일양국의 평화유지에 있다."라고.

이렇게 해서 평화선이라고 부르게 되었고, 일본은 '이 라인'이라고 불렀다. 일본은 히로시마에 떨어진 원폭에 비유할 정도로 충격적인 반응이었다고 한다.

※이 자료는 지철근 박사가 지은 〈평화선과 나의 수산 인생〉에서 발췌하였고, 1998년 11월 5일 한국수산신보사가 발행한 책이다.

　이제 우리는 일본 지방의 한 작은 소도시에서 선포한 독도의 날을 가지고 감정의 차원을 넘어서서 어떻게 대처해야 할지를 국민적 합의사항으로 도출할 때가 되었다. 그리고 국민적 감정이 아닌 민족적 자존심과 국가적 명운을 걸고 독도뿐만 아니라 만주 저 벌판의 우리의 땅까지 찾겠다는 각오로 정부의 강력한 리더쉽을 주문하고 우리의 지혜와 응집력을 한데 모아야 한다. 즉 독립운동을 다시 시작하고 잃어버린 땅도 찾자. 그러자면 어떻게 해야 하겠는가. 반일이냐, 극일이냐, 아니면 제3의 선택이냐? 그리고 나아가자! 세계로! 말로서가 아니라 행동하는 국민으로서 말이다. ●

독도를 국제적 명소로 개발할 것을 제안한다

정 정 길

· 부산수산대학 졸
· 수협중앙회 근무
· 단양문학회 초대회장 역임
· 사)국제미술작가협회 문예위원장
· 한국문인협회,
  한국문인명예운동본부 회원
· 시집: 〈엄마바위 애기바위〉외 8권
· 주소 : 충북 단양군 단양읍 상진리
  주공아파트 1동 207호
· 전화 : 011-486-3072

1

동쪽의 끝 바다. 아름다운 섬 하나, 독도.

대양으로 따져 태평양에 속한다. 평균 수심이 약 3,940m이다. 세계는 일찍이 Grotious(1609)가 해양자유주의를 주장했다. 여기에 Selden은 해양분할론으로 맞섰다. 사실상 현실화됐다. 이젠 해양도, 자원도 유한하게 되었다. 그것을 이용하는 것도 유상이다. 배타적 경제수역을 말한다. 해양자원이란 무엇인가. 잘 알겠지만 다시 한번 더 상기시켜보면, 해저광물자원과 해양생물자원, 그리고 해수자원은 물론 용존물 자원을 포함하여 해양공간자원 등 해양에너지자원을 말한다. 이러한 제반 해양자원들을 총망라하여 우리가 할 수 있는 사업이 무엇인지를 입체적이고 과학적으로 분석하자. 그리고 독도해양개발계획을 수립하여 본격적으로 사업을 추진해보자고 제안하는 바이다. 제안의 목적은 실질적인 지배권을 갖자는 것이다.

2

이러한 일련의 계획들을 추진하기 위해서는 제도적인 뒷받침이 있어야 할 것이다. 다행히 국회에서 법안을 제출하였다는 보도가 있었다. 이 글을 쓰는 동안에 법안이 제출되었다는 보도를 들었기 때문에 혹시나 하여 이 법안이 당리당략에 의해 지지부진하게 오래 끌지 않을까 염려되어 당부하는데 신속하게 제정하여 주기를 바란다. 그리고 이 법안의 내용을 보지 않아 알 수가 없지만 필자의 생각을 한 마디 더 보태어 본다면 이 법안에「가칭 독도해양개발위원회」를 두자는 것이다. 이 위원회는 국토종합개발계획에 준하는 업무를 수행할 수 있도록 그 임무를 부여하고 대통령 직속기구로 설치하였으면 한다. 이유는 그만큼 독도가 갖는 국민적 정서가 특별히 남다르기 때문이다. 그래서 이 사업은 국책사업으로 추진하되 국제적 컨소시엄도 고려해볼만한 사업이라고 사료된다. 이유는 국제사회가 이 사업에 참여하게 된다면 일본에 대한 인식을 새롭게 하게 될 것이고, 우리의 입장을 충분히 알게 되어 우리를 지지해줄 버팀목으로 기대하기 때문이다.

3

사업의 기본 방향을 대략 다섯 가닥으로 잡아 보았다. 첫째는 수산자원의 활용이다. 둘째는 연구선 건조이고, 셋째는 기반시설의 확충이다. 그리고 넷째는 관광자원개발이며, 다섯째는 해양자원의 이용이다. 꼭 이와 같은 순서대로 추진하자는 것은 아니다. 또 사업도 이 사업만 하자는 것도 아니다. 누구나 다 한번쯤은 생각해본 사업의 방향일 것이다. 그러나 이 사업의 성격상 당대의 사업만은 아니

다. 그러기 때문에 종합적이고도 과학적인 바탕위에서 계획되어야
하고 국민적 합의도 받아야 한다.

4

공간은 좁고 면적활용도 여간 어려운 섬이 아니다. 그러나 사업은
추진되어야 한다.

첫째 사업은 수산자원의 활용이다. 수산업은 농업과 더불어 제1차
산업으로서 식량안보차원에서도 매우 중요한 자원이다. 그렇기 때
문에 이 수역 내에서 제반 어로활동이 원활하게 이뤄질 수 있도록
인허가 등을 우선 조치하여 주어야 한다. 그 어느 사업보다 곧바로
시행에 들어갈 수 있는 사업이다. 법적으로나 제도적으로나 별 문제
가 없을 것으로 본다. 정부의 의지에 달려있다고 사료되는 바이다.
지체할 이유가 없다. 실질적인 자원 활용만이 우리 국토라는 사실을
대내외에 인식시킬 수 있는 방법은 더 이상 없을 것이다. 횟불을 들
고, 촛불을 들고 골백번 외쳐 봐도 일본이 들어 주겠는가. 실질적인
지배권을 행사하는 것만이 우리 것을 지키는 최상의 길이다. 그러므
로 최우선적으로 곧바로 시행되어야 한다.

둘째는 연구선 건조 사업이다. 만 톤급 이상 되는 배를 건조하여
이 해역에 상설로 배치하자. 이 배는 연구선으로 해양관측, 수산자
원조사, 생태연구 등 해양과학의 기초자료를 조사연구하는 배다. 종
합적이고 장기적인 측면에서 매우 중요한 해양과학의 일부를 책임
지는 산실이 될 것이다. 또한 이 배를 운항시키면 세계 각국의 해양
과학자들도 많은 관심을 가지고 지켜보게 될 것이고, 최소한의 정보
를 획득하려고 노력할 것이다. 자연적으로 세계적인 이목이 집중하
게 될 것은 자명한 일이다. 그러므로 이 배는 다목적으로 건조되는
것이 바람직하다고 본다.

셋째는 기반시설 확충이다. 만 톤급 이상의 배가 들어올 수 있고

관광선 등 어선들이 마음 놓고 입출항을 할 수 있는 물량장 등 접안시설의 확충은 매우 시급하다. 이 사업은 하루이틀에 되는 것이 아니기 때문에 해황 여건 등 기술적인 문제가 충분히 고려되어야 한다. 시설이 된다면 해양과학기지로서, 수산자원활용 전진기지로서 그 이상의 사명을 수행할 것임은 물론 부가가치를 창출하게 될 것이다.

넷째는 해양공간자원인 관광자원의 개발이다. 이 생각은 꿈이 될지도 모른다. 동도와 서도를 잇는 교각을 놓고 이를 토대로 허니문 빌딩을 건축해 보면 안 될까. 그리고 세계 최대의 해중수족관을 설치하자는 것이다. 이 문제는 해류와 조류 등 제반 기상 상황을 제대로 판단하여 추진한다면 무리는 아닐 것으로 사료된다. 꿈이 아니기만을 바랄 뿐이다.

다섯째는 해양자원 개발이다. 이것 역시 이상론일 수 있다. 해풍을 이용한 풍력발전을 시설할 수 없을까. 그리고 해수를 이용한 담수를 생산하여 마실 수는 없을까. 인간생활의 필수요소가 아닌가. 정말로 미친 소리일까?

이 모든 문제는 친환경적인 건설을 최우선으로 삼아야 할 것이다. 아니면, 그린피스 등 국내외 환경단체들로부터 거세게 저항을 받게 될 것이 우려 된다.

필자가 열거한 사업은 누구나 다 쉽게 생각해 볼 수 있는 사업이다. 다시 한번 더 강조하지만 그 어떤 시위나 구호보다 살아있는 실질적인 지배권이 중요하다는 것이다. 그러기 때문에 이 일련의 사업들은 적극적으로 검토되고 추진되기를 거듭 제안하는 바이다. 이렇게 될 때 국제사회도 우리를 바라보는 눈이 달라질 것이다. 이 길만이 횃불 시위도 촛불 시위도 아우르는 동해안의 최첨단 기지국이자 세계적인 관광명소가 탄생할 것임을 믿어 의심치 않는다. 인식의 전환이 필요하다. 과감해야 한다. 우리의 역량을 한 데 모을 때다.

5

이는 당대의 사업만은 아니라고 전제했다. 전 국가적 역량을 총동원하여야 하는 사업이다. 이 사업을 추진한다면 어떤 파급효과를 기대해 볼 수 있을까?

첫째는 고용의 증대다. 막대한 예산이 뒤따르는 것인 만큼 인력자원을 필요로 하게 될 것이다. 그러므로 고용의 증대는 필수적인 것이다.

둘째는 해양산업에 대한 기술개발이 급속도로 이루어지게 되며

셋째는 세계적인 관광명소가 되어 관광수입이 늘어날 것이다.

넷째는 분쟁의 요소는 다소나마 잠재울 수 있을 것이다. 그렇다고 해서 일본이 가만히 보고만은 있지 않을 것이라는 점은 뻔한 일이다. 다만, 독도를 국제화함으로써 세계의 이목을 집중시켜 일본의 야욕을 분쇄해버리자는 것이다. 그러기 위해서는 과감한 결단력이 필요할 때이다. 그리고 국민적 단결이 그 어느 때보다 요구되는 시점이기도 하다. 그런고로 정부는 일본의 주장이 얼마나 허구에 찬 역사왜곡인지를 심도 있게 다루어서 전 국민이 잘 알 수 있도록 반상회 회보를 통하여 고구려 문제까지 아주 소상하게 홍보해야 한다. 국민에게 역사공부를 조직적으로 시키면서 세계인들에게도 알려주자는 것이다. 알아야 제대로 대항할 수 있을 것이고 우리들의 입장도 이해할 것이 아니겠는가. 지금 동북아는 미국과 일본이, 미국과 중국이 서로의 이해관계에 접근하는 외교선상에 놓여있음은 주지의 사실이다. 이 선상에서 옹색한 입장이 되지 않도록 실리적인 안보외교가 적절히 구사되어야 할 것이다.

그러기에 국민들은 절대로 잊지 말아야 할 것이 있다. 안중근 의사의 하얼빈 저격사건을! 홍구공원에서 윤봉길 의사의 폭탄 투척거사를! 사꾸다문(櫻田門)에서 행한 애국적인 이봉창 의사의 일왕

암살사건의 역사를!

　끝으로 구한말 1908년에 농상공부 장관과 수산국장이 말한 수산업에 대한 실상을 소개해 본다. "우리나라는 삼면이 바다이며 하천이 길게 뻗치고 수산의 이는 능히 나라의 부를 증진시킬 수 있는데, 이제까지 내버려둔 채 그 이용방법을 모르고 살아왔다. 그래서 항상 식자들은 이것을 슬퍼하고 아까워 해온 바이다. (자료 : 수산학개론 1979. 태화출판사)" ☯

독도여, 외로워 말라!

강 태 국

강 태 국

·현대수필 이사
·한국문인협회 회원
·국제펜클럽 한국본부 회원
·제주대학교 명예교수
·수필집 : 〈너 그래도 돼?〉 외 다수
·주소 : 제주도 제주시 도남동 77-9
·전화 : 064-758-8817

대영 박물관 한국전에 끌렸으나 그만두기로 했다.

영국 A급 보물, 진품 삼백여 점. 명품 중 명품이라 그 화려함에 감탄하고 찬란함에 넋 잃는다는 말들이 자자하지만 그 수집과정이 마음에 안든다. 영국이 3C정책으로 전 세계를 종횡으로 누비며 좋다고 싶은 것들을 닥치는 대로 파가고 약탈해간 그 발자취를 역력히 보여주는 듯해서 싫다.

「약탈의 역사」란 말이 떠오른다.

나는 한 20여 년간 일본 도쿄에서 지냈다. 우에노에 있는 일본 국립관에 가서 우리 조상의 향기를 때때로 맡았었다.

일본의 국보라 하여 15~16세기에 만들어진 이조 백자들이다. 하나같이 대명물(大名物)로, 대정호찻종(大井戶茶碗), 분취찻종(粉吹茶碗), 청정호

찻종(靑井戶茶碗) 등등 우리나라에서 약탈한 수많은 보물들이 전시되어 있다.

점점 철이 들면서 일본인들의 침략사를 알면서 그 박물관만 보아도 몹시 매스꺼웠었다.

그들의 역사관, 식민사관 혹은 정상국가화란 이념을 전제로 삼아, 그 공식에 때려 맞추지 않으면 속이 안 풀리는 모양이다.

그들이 추구하는 것은 진실의 역사가 아니고 신조(信條)의 역사랄 수 있다(이런 말 있는지 어떤지 모르지만).

그들의 사고방식은 야쿠자식, 혹은 로우닌(浪人)식 싸움에서부터 시작하는 것 같다.

「투쟁의 원인을 일반적으로, 아니, 전적으로 경제적인 것으로 여기고 믿어왔다. 이것은 진실과는 매우 다르다. 대부분의 분쟁은 그 기원에 있어서 순수하게 신조적(信條的)인 것이다.」란 말을 영국 소설가 헉슬리(1894~1963)가 했다.

그렇다면 그들의 신조적 역사관은 그들의 장기자랑인 왜곡, 날조, 어거지, 애매모호한 사리, 파렴치함 따위인가?

그럴싸한 의미부여 같은 것은 필요없다. 그들에게서 조금도 인간냄새가 풍기지 않는다.

단지 황당무계랄 수밖에 없는 헛소리만 하니 우리들 귀만 더러워지는 듯하다.

다음 글은 1996년 3월 모 일간지 칼럼에 발표한 것이다. 그때 마침 일본 순시선이 독도근해를 어슬렁거리며 군침 삼키고 있을 때였다.

독도는 감질나게 유혹하는 섬인가?

그렇다. 낭만섬, 유혹의 섬, 해양자원이 풍부하고, 영토와 영해를 넓힐 수 있다. 일본으로서는 눈독들이고 군침 삼킬 만하다.

우리는 오염 없는 아름다운 섬, 해맞이를 맨 먼저 할 수 있는 섬이다. 관광 개발하여 두 개의 섬을 구름다리라도 놓아, 자연수족관이라든가 오두막집 같은 걸 구석구석에 꾸며 놓으면 환상의 세계가 될 것이다.

'독도는 우리 땅'이라는 것은 역사가 알고 그들도 알고 세계인이 모두 알고 있는데 그들은 망발에 이어 독단을 범하고 있다.

건방지고 용서 못할 일은 순시선과 비행기로 정찰하는 짓이다. 고성능 망원경으로 엿보고 사진 찍는 나쁜 버릇이다. 우리 국방태세를 위협하는 셈이다.

일본은 닌쟈(認者), 간쟈(間者)의 나라다.

그들이 잘 쓰는 부드러운 용어 '자료수집'이란 말도 빌어먹을이다.

일본 역사에서도 군웅할거의 전란시대 그 통일과정에서 엿볼 수 있는 그 철저한 간첩과 공작활동…….

상대방 약점을 찾고 치명적인 타격을 가하는 것이 닌쟈들의 주된 역할이었다.

임진왜란을 일으키기 위한 면밀한 사전답사, 정보수집, 정치현실의 동향파악, 구한말의 암약, 노일전쟁 때 교란 작전, 2차대전 때의 음모와 모략 등 잦은 잔꾀 큰 꾀를 다 쓰고 있다.

지금도 달라진 게 하나도 없다. 세계도처에서 산업 스파이가 암약하고 있어 곳곳에서 우리 기업들의 진출을 훼방 놓고 있다. 또 곳곳에서 부딪치고 흔들며 성가시게 굴고 있다. 정말 얄밉다.

우리는 그들을 이해하고 용서하고 친해보려고 부단히 마음을 열고 있다. 하나 그들은 우리를 공격대상, 깔아 뭉길 대상으로만 여긴다. 너무나 야속하다.

그들은 공격목표를 설정하면 철저히 먼지 털고, 목욕 시킨다.

그들 전략은 약간 단순하지만 좀 치사하다. 사람 약점을, 돈에 약하냐, 색(色)을 밝히느냐, 도박을 좋아하느냐로 잡고 그중 하나로 좁

혀지면 조직적으로 다각적으로 파상공격을 하며 상대를 함락시킨다.

검법에서도 상대방에게 살을 베게 하여 상대방 뼈를 자르고, 뼈를 자르게 하여 상대방 목을 친다는 일보후퇴의 철학이 있어 이러한 술수도 잔인하게 자행하기도 한다.

정치나 외교 협상에도 표면상 방침과 속셈이 따로 있어 이중구조로 모든 협상테이블에 임하는 게 그들이다.

자위대의 깐죽거림, 마치 태권도나 쿵푸 한 일 년 하여 주먹이 근질근질해 하는 젊은이 같다.

이리저리 쑤시고 건드리다가, 꼬투리라도 잡는 날이면 건트집 잡아 자기 영토 방위한답시고 자위대 출동시켜 영토 영해 분쟁으로 확대시켜 보려는 속셈이 뻔하다.

우리는 흥분을 가라앉히고 찬찬히 그들을 주시해야 할 것 같다. 가랑비에 옷 젖는다고 하나 괜히 그들 잔펀치가 성가시다고 해서 큰 주먹 휙 날리다가 우리만 맥 빠지게 된다,

역사적으로 우리는 누가 건드리면 건드릴수록 한데 뭉쳐 모든 걸 슬기롭게 해쳐나가지 않았는가? 자중자애!

우리는 지금 경제적으로 버블 조짐이 보여 혼란스러워 정신이 없지만 일본의 깐죽거림은 그냥 넘어갈 민족이 아니다.

닌쟈의 나라, 이웃사촌이 못되는 껄끄러운 일본. 그림 그리다 잘못 그려진 것이라면 지우개로 박박 지워버리고 싶은 지도상 이웃나라 일본.

일본이여, 역사 앞에서 오만을 버려라. 좀더 겸손의 미덕으로 다가오라.

지금 우리는 세상이 뒤숭숭한 때다. 누가 들쑤시고 흔들면 와해될 만한 상황이다.

보수다 진보다. 친미다 반미다. 동북아 균형자다 하며 시끄럽다.

중국은 '동북아 공정'이란 깃발 아래 우리를 마치 집어 삼킬 듯이 노려보고 있다.

이러한 시점을 틈타 야비하게 비비적대고 있다.

1875년에 일어난 강화도 사건이 생각난다. 우리와 관계 개혁을 위한답시고 건방떨고 으스대면서 일본군함의 함포사격 한바탕 싸운 것을 빌미로 이듬해 '병자수호조규'란 강화조약…….

요런 수법으로 무슨 독도조약이라도 이끌어낼 속셈인가?

"외교 교섭의 목표는 50대 50, 잘되면 상대는 45, 이쪽이 55로 될 경우도 있지만 너무 차지하게 되면 나중에 꼭 마이너스가 온다. 30대 70이라는 극단적으로 지나치게 얻어내는 사람은 교섭이 서툴다고 할 수 있다."

일본 외무성 고문이 한 말이다. 그들은 외교 협상철학으로 이 말을 명심하고 외교 협상에 임하는 듯 조심성 있는 면도 때때로 보인다.

그들이 요즘 중국, 러시아 그리고 우리에게 좌충우돌하는 걸 보면 마치 고슴도치와 한 차에 타고 있는 느낌이다.

하나. 자! 그들이 말하는 50대 50이란, 독도를 문제화시켜 어느 선까지인지, 그냥 평행선 유지하다가 심심하면 또 한번 치고 나올 것인지!◑

'독도' 와 어느 '열사'

김 창 종

김 창 종

· 한국문인협회, 한국수필가협회, 국제펜
   클럽 한국본부 회원
· 한국아동문학연구회 이사
· '글사랑문학' 부회장
· '교육평론' 편집, 논설위원
· 수필집 : 〈꿈속의 고향〉
             〈바른 소리 교향곡〉
· 동화집 : 〈못난이의 귀향〉
             〈소금집 딸〉〈웅이의 꿈〉
· 주소 : 139-764, 서울특별시 노원구 상
           계9동 주공아파트 1408동 808호
· 전화 : 02-932-2434, 017-714-2434

'독도(獨島)'라는 이름 자체가 풍기는 맛은 매우 묘하다. 「홀로 있는 섬」, 「외로운 섬」이란 이미지가 강하기 때문이다.

독도에 대한 역사적 고찰은 역사학자들의 몫이라고 하지만 당연한 우리의 영토를 노래까지 만들어 강조하고 온 세상 떠들썩 하게 함 또한, 가슴 무거움을 느끼게 한다. 그러나 일본 천황의 명목상 국가 원수의 권위나 일본 총리 대신(수상)의 권위 가지고는 통제하기 어려운 강한 개성과 독립성이 강조된 내각의 각료들(외상, 문부상, 관방상)의 발언은 우리 국민 정서나 감정을 자극하기에 충분하다. 역사적으로 독도를 지켜 온 수비대장들의 피나는 노력은 익히 국민이 알고 있는 사실이지만 러·일전쟁의 쾌감 넘치는 승리의 전리품으로 독도를 강점한 순간의 회열 넘치는 쾌감을 대를 이어 누리고져 하는 속셈이나 북방 4개 섬을 러시아로부터 돌려 받지 못 할 때마다 분풀이로 독도의 영유권을 맹렬히 주장하는 일본의 속셈이 가증스럽기 그지없다. 다시 말해서, 러시아로부터 돌려받지 못한 북방 도서에 대한 서운한 감정을 독도는 쉽게 돌려 받을 수 있는 영토라는 전제하에 일본 국민들을 자극해 일어나게 하자는 것이고,「한류열풍」에 대한 못마땅한 마음도 작용, 이번 기회에 열풍을 잠재워 보자는 의도가 깔려 있음을 우리는 간과해서는 아니 된다(재무장 속셈도). 30년 전 위키리를 비롯하여 독도 유람선 모금 건조 배가 쓸모없이 방치되었다는 소식이나,「독도는 우리 땅」이란 노래가 애조(哀調)를 띠었다는 설이나, 어로 공동수역으로 독도 근해를 포함시켰다든가, 공군 순시 초계비행 지역에서 독도가 제외되고 일장기를 단 일본 공중자위대 비행기가 독도 영해를 접근 비행한다든가, 미국의 초강대국의 군사력을 등에 업고 개헌을 해서라도 공격군의 막강한 군사력을 확보 독도 점거로 이를 과시할지도 모른다는 얘기를 들으면 가슴 저며오는 슬픔을 느낀다. 제2차 세계대전(대동아 전쟁)의 승리를 위해 작사 작곡된 씩씩한 일본군가보다도 더 우렁찬 패기 넘치는 국토 방위의 노래가 제작 개창되고 일본 방위군보다도 더 막강한 군대를 확보하고 동해에서 러·중·북한(?) 합동 군사 훈련(가상의 적 일본)을 하며 시위하면 어떨까?

정기 여객선을 띄워 단 1명의 관광객도 독도를 방문할 수 있게 하면 어떨까? 독도 연안 수심 깊숙이 수중 도시를 건설하여 동양의 관광객을 불러모으면 어떨까(일본 관광객도)?

필자는 독도와 관련된 나만의 슬픈 사연을 안고 있다. 20년 전 일본 우익 각료의 독도 영유권 망언으로 온 나라가 데몬스트레이션의 물결이 칠 때 내 고향 열혈(熱血) 청년 엄주성 씨가 자결로써 독도 수호 결의를 비장하게 표현하였다는 점이다. 1931년 경기도 포천시 군내면 용정리에서 농민의 아들로 태어난 엄주성 님은 6·26가 발발하자 보병 제2사단에 입대 헌병 상사로 참전 혁혁한 공훈을 세웠으며, 제대 후에는 경찰계 투신 간부로 멸사봉공으로 헌신하였으며 독재 위정자들의 부당한 야당인사 사찰 감시나 탄압을 과감히 거부하고 정의로운 명예를 어깨에 메고 근무한 모범 경찰관이었으며 퇴직 후에는 자기 희생을 통해 자진하는 결의를 나타내는 결사 단체에서 맹활약, 마침내 일본 주한 대사관 앞에서 죽음으로 결의를 비장하게 나타냈다는 사실이다.

총칼을 차고 어깨에는 빛나는 별을 달고 권력과 치부에 능한 자들 편에 서지 않았던 것이 엄주성 님의 죄라면 죄였을 것이라고들 하였다.

엄주성 님의 비장한 결의에 찬 죽음의 영현(英顯)을 독도에다 안치하자는 설이 있었으며 엄주성 님의 장한 일생을 글로 책으로 남기자는 설이 있었으나 그 후 소식은 알 길이 없다.

독도 얘기가 나오면 나는 엄주성 님을 생각한다. 독도가 외로운 섬이라면 엄주성 님은 외로운 영혼이다(독도를 지키는). 독도를 지극히 사랑했던 엄주성 님의 영혼도 외로운 섬의 주인 되어 독도 땅에 안치되었어야 하지 않을까?

엄주성 님의 비장한 독도 수호 결의를 사리사욕(私利私慾)에서 비롯되었다고 볼 사람은 아무도 없을 것이다.

역사는 엄주성 님을 잊지 않고 기록하여야 할 것이다. 엄주성 님이 불의(不義)와 타협하지 않은 경찰관이었다는 점이나 고향 농민들의 민원을 들고 뛰어 다니며 땀을 흘렸다는 사실을 기억하는 사람은 몇이나 될까?

독도 땅 양지 바른 언덕 위에 엄주성 님의 영현이 모셔져 오가는 관광객들의 독도 수호의 결의에 찬 모습이나 국토사랑의 밝은 애정 어린 모습을 보게 하면 어떨까? 한가한 날이면 철철이 찾아드는 물새나 철새들과 노닐고 한가로이 핀 들꽃 벗삼아 6·25 당시 혁혁한 공을 세운 무공을 회상하게 하면 어떨까? 모윤숙 님은 「병사는 죽어서도 말한다」라는 시에서 젊은 호국의 넋을 노래하고 있다. 독도 수호의 결의에 비장함이 어린 엄주성 님 추모시라도 독도 어느 바위 위에 새겨지면 어떨까? 일제 강점기 애국지사들 중에는 지조를 꺾고 일제매국노 되었어도 엄연히 국립현충원에 안장되어 죽은 뒤에도 영화(?)를 누리건만 우리 엄주성 님은 지금 어느 곳에 묻혀 있을까?

엄주성 님이 안장된 묘소는 독도가 바라다 보이는 곳일까? 알 길 없다. 필자는 어려서 초등학교 시절 엄주성 님의 모습을 기억하고 있다.

공부가 끝나는 오후가 되면 학교 나팔수들과 열심히 나팔 부는 연습을 하던 생각이 난다. 다른 나팔수와는 달리 얼굴에는 붉게 홍조를 띠고 결의에 찬 모습으로 행진곡을 연주하였다. 그만큼 엄주성 님은 열정(熱情)을 지닌 뜨거운 사나이로 자랐다.

오늘도 TV나 라디오 뉴스에서는 독도 수호 결의대회 소식을 자주 전한다. 독도 수호 결의대회 선두에서 격렬하게 항의하고 일장기를 불태우는 시위대 속에서 오늘의 엄주성 님을 발견하고는 가슴 저며오는 아픔을 느낀다.

이 글 노래되어 엄주성 님 영전에 울려 퍼지고 님이 어려서 즐겨 연주하던 트럼펫 연주가 반주되어 독도 하늘에 울려 퍼지게 하면 어떨까? 목이 메인다. ☯

군국주의 부활을 꿈꾸는 일본인들의 궤변

-김완섭의 『새 친일파를 위한 변명』을 읽고

이 시 환

- 시 집: 「안암동 日記」(1992) 외 8권
- 시선집: 벌판에 서서(2002)
- 중역시집: 벌판에 서서(2004, 북경, 중국화평출판사의 금마차 시문고)
- 한영대조시집: Shantytown and The Buddha(2003, 서울, 신세림출판사)
- 문학평론집
毒舌의 香氣(1993), 新詩學派宣言(1994)
自然을 꿈꾸는 文明(1996)
호도까기-批評의 無知와 眞實(1998)
눈과 그릇(2000), 명시감상(2000)
비평의 자유로움과 가벼움을 위하여(2002)
- 편저
광복 50주년 기념 한일 전후세대 100년 시선집 「푸른 그리움」(1995)
「시인이 시인에게 주는 편지」(1997)
고인돌 앤솔러지 「말하는 돌」(2002)
- 현재 격월간 「동방문학」 발행인 겸 편집인 2005년 4월 현재 통권 제44호 발행
- 주소:서울특별시 성북구 정릉동 우성아파트 104동 1811호
- TEL : 02-919-2562(H), 02-6231-6656(H)
       02-2264-1972(O)
- FAX : 02-2264-1973(O)
- E-mail : dongbangsi@hanmail.net
- 개인홈페이지 http://www.sentencei.com

1. 책에 대한 기본 정보

2004년 4월 10일 내 손에 쥐어진 『새 친일파를 위한 변명』(김완섭 저, 2003. 6. 10. 초판 1쇄, 도서출판 춘추사, 신국판)이란 책을 통해서 내가 확인할 수 있었던, 이 책에 대한 기본 정보이자 반드시 사실여부를 확인해야 한다는 판단이 서는 몇 가지 요소를 밝히면 이러하다. 곧, 2002년 2월에 서울에서 『친일파를 위한 변명』이라는 책이 먼저 발행되었고, 동년 3월에는 저자가 민비의 후손들로부터 명예훼손과 외환선동혐의로 고소당하여 경찰에 체포되었다가 가까스로 풀려났으며, 동년 4월에는 동서가 간행물윤리위원회로부터 '청소년유해도서'로 지정되었고, 동년 7월에는 아라키 가즈히로(荒木和博) 교수와 아라키 노부코 양의 공동번역으

로 일본의 '草思社'에서 일본어판 책이 발행되어 베스트셀러가 되었다는 것이다. 그리고 2003년 6월 10일에는 그 책의 내용이 많이 수정되고 추가되어 『새 친일파를 위한 변명』이라는 이름으로 도서출판 '춘추사'에서 재발행되었다는 점 등이다.

이 책은 신국판 451쪽에 인물·사건·도표·지도 등을 포함한 자료사진 100여 점 이상과 41개 항목의 글(200자 원고로 약 1500~1600매 정도)이 4부로 나뉘어 실려 있고, 책 앞부분에 저자의 〈책을 내면서〉, 〈일본어판 서문〉, 그리고 아라키 가즈히로 교수(?)의 해설 〈이 책을 읽는 한국과 일본 독자들에게〉라는 글이 덧붙여져 있다.

2. 저자에 대한 의혹

저자로서 책 표지에 소개되고 있는 김완섭은, 1963년 전남 광주에서 출생하여 1982년 살레시오 고등학교를 졸업하고, 같은 해 서울대학교에 입학하여 1989년까지 8년 동안 물리학과 천문학, 역사와 정치경제학을 공부했다는 것이다. 그 후 '하이테크 정보', '소프트월드' 등 잡지사 기자로 일하다 1992년 이후에는 프리랜서로 번역 저술활동을 했다는 것이다. 그리고 5·18국가유공자이며, 1980년 광주민주화운동과 1987년 구로구청농성사건 등으로 옥고를 치르기도 했다는 것이다. 그리고 1986년 이후 2년간 호주에서 거주하였으며, 귀국 후 코스닥신문사를 창간, 편집 주간으로 일하기도 했으며, 현재는 저술과 창작활동에 전념하고 있다는 것이다. 저서로는 『윈도우3』(1992), 『창녀론』(1995) 등이 있고, 번역서로는 『물리학의 진화』(1994)가 있다는 것이다.

그런데, 나는 왜 이런 저자의 약력과 책에 대한 기본 정보조차 의심하는가? 내게 무슨 편견이라도 있단 말인가? 생각해보면, 책의 판권에 반드시 명기되어야 할 요소가 일부(출판사의 등록번호 및 발

문제의 김완섭이 썼다는
『새 친일파를 위한 변명』
이라는 책의 앞·뒤 표지

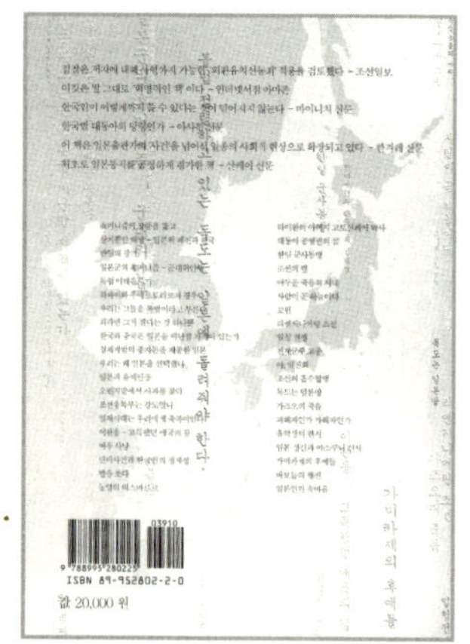

행인 명 등) 빠져 있고, 서울대학에 입학하여 8년 동안 일련의 과목들에 대해 공부했다는데 정작 입학한 대학의 학과와, 혹 다를 수도 있는 졸업한 학과가 분명하게 기재되어 있지 않았고, 책의 본문의 문체나 한일 관계 역사를 바라보는 시각 자체가 일본인이 아니면, 그것도 우익세력의 골수분자가 아니면 갖기 어렵다는 판단 등 의혹 투성이기 때문이다.

3. 저술 목적에 대하여

저자가 한국인 김완섭이든 한국인의 이름으로 위장된 익명의 일본인이든 관계없이 문제의 이 저서가 집필, 발행된 데에는 분명한 목적이 있었을 것이다. 그것은 저자가 직접 쓴 〈일본어판 서문〉과 아라키 가즈히로가 쓴 〈해설-이 책을 읽는 한국과 일본의 독자들에게〉라는 글에서도 어렵지 않게 확인할 수 있는 바이지만 그보다 더욱 분명하고 정확하게 판단할 수 있게 하는 것은 역시 본문의 전체적인 내용일 것이다. 저자나 해설자가 무어라고 진술했든지 간에 본문의 전체적인 내용에 나타난 저술 목적은 크게 두 가지로 줄여 말할 수 있을 것 같다.

하나는, 한국인이 일본(인)에 대해 갖는

적대감정, 그러니까 저자가 말하는 '한국인의 반일감정'을 분쇄, 희석하여 없애기 위함이다. 바로 이 목적을 달성하기 위하여 저자는, 한국인이 일본인에 대해 갖는 적대감정의 원인과 정도와 실태 등을 나름대로 분석하고, 그 중요한 이유라고 생각하는 과거 일본의 한반도 통치가 지극히 정당하고, 미개한 한국인들에게 오히려 은혜를 베푼 정치적 행위였다고 我田引水 격으로 합리화시키고 있는 것이다.

그 구체적인 방법으로 자료를 조작하고, 사실을 왜곡하면서, 조선 사회의 부정적인 면을 과장하여 부각시키는 등 앞뒤가 맞지 않는 궤변(허위론)을 늘어놓고 있다. 예를 들면, 일본의 조선 침략을 조선의 독립과 근대화 개혁세력을 지원한 행위로 일관되게 그 의미를 부여하고 있고, 조선총독부의 활동을 착취가 아닌 근대화와 투자로, 그리고 종군 위안부 문제를 합법적이고 정당한 애국 충성 행위로, 일진회를 조선 최초의 근대적인 대중정치 조직이자 최대 혁명조직이며 군사조직으로서 각각 그 의미를 부여하고 있다.

이 같은 억지와 궤변을 어떻게 다 열거할 수 있겠는가마는 안중근 의사와 백범 김구 등을 '조선 혁명기의 낡은 왕조에 충성하면서 변화에 극렬하게 저항했던 보수 반동 세력의 대표적인 살인마'로, '독도는 일본의 땅이니 불법 점거하지 말고 당장 되돌려 주어야 한다'는 식의 주장을 늘어놓고 있는 것이다.

그리고 다른 하나의 저술 목적은, 양심적인 일부의 일본인 스스로가 갖는, 과거 군국주의 깃발 아래 대동아 공영권을 확보하기 위해 전쟁을 일으켜 수많은 인명과 재산피해를 냈고, 그 과정에서 미국의 원자폭탄 투하로 결국 패했다는 역사적 사실에 대한 객관적 인식과 함께 자기 반성적 태도를 저자는 '자학적 역사관'이란 말로 스스로 깎아 내리면서, 바로 그것을 바꾸어 당당하게 역사를 보자고 주장하는 것이다. 한 마디로 말해, 있는 그대로의 과거역사에 대해 인식과 반성보다는 왜곡하여 자부심과 명예를 갖자는 것이다. (이것이 일본인들이 말하는 '역사바로세우기' 운동인 것이지만 말이다.)

바로 이런 목적을 달성하기 위해서 저자는, 조선과 대만, 그리고 중국, 러시아 등의 국가와 국민이 가난과 무지에서 벗어나지 못한 채 미개하기 짝이 없다고 과장하고 있으며, 동시에 상대적으로 빠른 일본의 미국에 의한 강제 개화를 일본인의 우수성으로 둔갑시키고 있고, 동시에 아시아 침략행위를 아시아 인민 해방으로까지 미화시키고 있는 것이다. 뿐만 아니라, 전쟁 중에 숱한 목숨을 바쳐 충성을 다했던 자국민들의 태도를 일본인의 정체성으로 부각시켜 우경화를 꾀하고 있는 것이다.

4. 주 내용과 역사를 보는 시각

책의 주 내용은 책을 펴낸 저자의 의도나 목적 등과 긴밀한 관계 위에서 결정되게 마련이다. 그렇지 않다면 문제가 있는 것이지만, 이 책은 전체 41개 항의 글이 4부로 나뉘어 실려 있고, 이들을 유기적으로 읽으면 저자의 의도와 본문의 주 내용을 어렵지 않게 판단해 낼 수 있다. 곧, 일본인들은 한국(인)을 크게 미워하지 않지만 한국인들은 일본(인)을 크게 미워한다. 이는 역사에 대한 無知에서 오는 현상으로 일종의 극우 쇼비니즘의 狂風이다. 이 광풍의 발원지가 일본압제로부터 생긴 피해의식과 한국 정부의 집요한 반일교육에 있다. 특히, 민비시해 사건, 한일합방, 정신대와 징병 및 징용, 교과서 상에서 역사 왜곡, 일본 총리의 '야스쿠니' 신사 참배, 일본 정치인들의 한중일 3국 관련 근대사 발언 등에 대해서 한국인의 반일감정은 노골적이고 아주 민감하게 드러내 왔다.

그렇지만, 역사적 진실을 바로 알게 되면 -한국인과 중국인은 미개하여 일본인이 주장하는 역사적 사실에 대하여 검증할 능력조차 없기 때문에 늘 감정적인 대응만 일삼는 '바보'들이지만- 한국인들은 일본을 미워할 하등의 이유가 없고, 오히려 조선 말의 악정과 미개함으로부터 근대화를 앞당기고, 청나라로부터 독립을 시켜주었으며, 적지 아니한 자본 투자라는 施惠에 감사해야 함을 알게 될 것이다.

따라서 한국인은 일본을 어버이와 같은 나라로 섬겨야 하며, 아시아 분열 정책을 펴고 있는 미국과, 미국의 주인노릇에 적절히 대응하는 유럽연합을 인지하고 일본과의 연맹 또는 연합을 추진해야 한다는 것이다.

이런 전제 아래 한국의 근대사를 읽고 있기 때문에 본문의 약 70퍼센트 정도는 개항 이후로부터 해방이 되기까지의 중요한 역사적 사건을 다루고 있되, 일본의 한반도 침략과 한일합방을 합리화시키고 정당화시키려는 궤변과 억지 주장을 펴고 있는 것이다. 예컨대, 민비 시해는 일본인에 의한 것이 아니라 조선의 개혁세력에 의한 쿠데타이고, 한일합방은 강압에 의한 것이 아니라 조선인이 원해서 이루어진 합법적 정치행위이고, 정신대는 일본인의 휴머니즘이 반영된 애국 충성의 길이며, 역사 왜곡은 일본인이 아닌 한국인과 중국인이 할 뿐이며, 신사참배와 근대사 발언에 대해 습관적으로 왈가왈부 시비를 거는 행위는 불필요한 내정간섭이라는 것이다.

그리고 약 20퍼센트 정도는, 양심적이고 지성적인 일부의 일본인들이 갖는 자국의 역사에 대한 반성적 태도에 대해, 그러니까 전쟁과 착취, 그리고 맹목적 충성과 희생 요구로 일관한 과거 군국주의 역사에 대하여 바르게 인식하고 반성하는 태도를 소위 '자학적 역사관'이라 하여 역사를 보는 시각 자체를 바꾸어야 한다는 거짓 당위를 설명하고 있다. 그러기 위해서 저자는 '야스쿠니' 신사참배의 정당성과 그 의미를 설명하고 있고, '카미카제' 정신을 일본인의 정체성으로 설명하는데 할애하고 있는 것이다.

그리고 나머지 약 10퍼센트 정도는 한국과 중국인의 미개함과 부정적 측면의 역사를 과장하면서 일본의 침략 행위를 정당화하고, 동시에 일본인의 우수성(?)을 주장하는 데에 할애하고 있다.

이 같은 우경화 된 일본인 시각에서, 그것도 군국주의 시각에서 우리의 근대사를 보고 있는 어리석음에서 벗어나지 못하고 있기 때문에 오히려 우리들의 분노와 적개심을 더욱 불러일으킬 뿐이다. 특히, 일본인의 우경화는 그들이 염려하는 다른 국가의 쇼비니즘을 부추기는 역효과를 낸다는 사실을 분명히 알아야 할 것이다.

따라서 나는 저자에게 한 가지 충고를 해주고 싶다. 그것은 곧, 이 책의 내용은 일부 우경화 된 일본인만의 시각과 목적에서 본 편협된 한반도 과거사 읽기에 지나지 않으며, 신사참배와 카미카제를 통해서 일본인의 정체성을 찾는 것은, 칼로 일어서서 칼로 망한 일본이 경제대국을 무기로 과거 군국주의의 환상을 꿈꾸고 기도하는 피가 아직도 그들의 가슴속에 흐르고 있다는 사실을 스스로 입증해 보이는 것이라고 말이다.

5. 발행 배경과 우리의 대응

저자나 일본의 적지 아니한 국민들이 생각하고 있듯이, 설령 일본이 우리의 개혁 개방을 앞당겨 주고, 많은 자본과 기술을 투자하여 한국의 발전을 가져다 주었다하더라도 -사실 어느 정도 인정해야만 하는 요소가 없지는 않지만- 그것이 한반도를 강점, 통치하는 동안에 蠻行에 가까운 폭력, 노동력과 재산 및 자원 착취, 인권과 생명 유린 등 죄악이 어떠한 이유에서라도 정당화될 수는 없다. 그럼에도 불구하고 미소에 의한 남북분단이 문제가 아니라 한반도가 일본땅 일본국민으로부터 분리, 분단되었다는 사실이 더 중요하다고 궤변을 늘어놓는, 이런 어처구니없는 책자가 한국땅에서 발행, 유포되었다는 사실에 대하여 일본인을 탓하기 전에 우리 한국인을 먼저 탓

해야 한다고 본다. 왜냐하면, 역사의 객관적 사실을 무시 외면하고 억지 주장으로 일관하는 내용의 책이 발행되도록 적절한 환경조성을 우리 스스로가 해왔다는 점 때문이다. 다시 말하면, 우리는 비교적 물질적인 풍요와 과학 문명의 혜택을 누리며 살아오는 동안 일신상의 안위와 욕구만을 우선적으로 충족시키려는 삶의 태도와 그릇된 가치관이 역사를 외면하게 했고, 또한 그러한 삶을 보장해 주는 장치 곧, 국제관계나 온갖 제도나 법 등이 환경변화와 함께 인간 스스로에 의해서 부분적으로 혹은 완전히 파괴될 수도 있다는 사실을 망각하게 했다. 그래서 가변적인 환경과 제도에 대해 준비하지 않고, 도적의 역사와 크게 다를 바 없는 인류사의 본질을 꿰뚫어 보지 못하고, 나태함과 무지 속에서 우리들의 이기주의적인 삶이 평화와 민주, 그리고 행복이라는 미명으로 포장되어 오고 있는 것이다. 그 단적인 증거가 우리 국민들 사이에서 확산되어 가는 감상적 반미감정이고, 일본의 우경화에 대해 구호나 외치고 시위나 반복하는 감상적인 대응이고, 분열된 국론을 통합하지 못하고, 미래를 위한 노력보다는 과거에 매달리는 정치적 안목 및 리더쉽 부재 등인 것이다.

이런 우리의 상황을 놓치지 않고 출판물에 의한 정신적 침략행위를 철저하게 잘하는, 대의를 위해 소아를 희생함으로써 사회에 기여한 위인을 신으로까지 섬기는 일본인들에 의해 다시 겁탈 당하지 않기 위해서 내 스스로에게 나는 말하고 싶다. 독도가 분명한 우리의 영토이지만 그들의 주장대로 어느 날 갑자기 일본의 것이 될 수도 있는 게 인류의 역사라고 말이다. ☯

이시환의 횡설수설

-내가 노력하면 남도 노력하지

이 시 환

· 시 집:「안암동 日記」(1992) 외 8권
· 시선집: 벌판에 서서(2002)
· 중역시집: 벌판에 서서(2004, 북경, 중국화
평출판사의 금마차 시문고)
· 한영대조시집: Shantytown and The
Buddha(2003, 서울, 신세림출판사)
· 문학평론집
毒舌의 香氣(1993), 新詩學派宣言(1994)
自然을 꿈꾸는 文明(1996)
호도까기-批評의 無知와 眞實(1998)
눈과 그릇(2000), 명시감상(2000)
비평의 자유로움과 가벼움을 위하여(2002)
· 편저
광복 50주년 기념 한일 전후세대 100년
시선집「푸른 그리움」(1995)
「시인이 시인에게 주는 편지」(1997)
고인돌 앤솔러지「말하는 돌」(2002)
· 현재 격월간「동방문학」발행인 겸 편집인
2005년 4월 현재 통권 제44호 발행
· 주소:서울특별시 성북구 정릉동 우성아파
트 104동 1811호
· TEL : 02-919-2562(H), 02-6231-6656(H)
02-2264-1972(O)
· FAX : 02-2264-1973(O)
· E-mail : dongbangsi@hanmail.net
· 개인홈페이지 http://www.sentencei.com

전후 60년이란 세월이 흘렀다. 그리하여 전쟁에 직간접으로 참여했던 사람들은 7, 80대 고령이 되었거나 이미 이 세상에서 사라져 버렸다. 이제는 전후세대들이 각종 사회활동의 중추세력이 되어 있다. 그들은 선대(先代)가 범했던 전쟁의 역사에 대해 심각하게 반성할 리도 없으며, 설령 반성한다 해도 그것은 대의명분을 위한 형식적인 것이지 전쟁의 반인륜적 참혹함을 절감하기 때문이 아니다.

게다가, 인간의 삶이란 근원적으로 개개인의 욕구충족활동이기 때문에 경쟁과 충돌은 불가피하다. 그것의 부작용을 막기 위해서 갖가지 제도적 장치를 마련해왔고, 국내외 관련 법이 제정되었거나 새로이 제정되어 가고 있는 것이지만 그 역할에는 한계가 있다. 유엔의 반대에도 불구하고 발발한 미국과 이라크와의 전쟁이 단적으로 말해주리라 본다. 특히, 개개인간 국가간 민족간 종교간 상대적 우월성을 확보하여 위를 차지하려는 기본적인 욕구를 버리지 않고 있는 -불행하게도 버릴 수도 없는 일이지만- 지구촌의 인류사회를 전제한다면 이들 주체 간의 욕구충족활동의 경쟁과 충돌은 불가피할 수밖에 없다.

그동안 패전국으로서 적지 않은 규제를 받아온 일본만 해도 전승 국인 미국으로부터의 간섭에서 벗어나려는 움직임이 포착되고 있고, 전쟁의 피해국인 한국과 중국 등의 간접적인 간섭을 완전히 배제하려는 움직임이 구체화되고 있다. 총리의 신사참배를 비롯하여 역사왜곡, 영토언쟁, 군사 대국화 추진, 유엔 상임이사국으로의 진출 노력, 국제적 영향력 증대 도모 등이 다 그런 맥락에서 나오는 일들이다.

게다가, 일본인들에겐 선대가 거의 다 이루었다가 목전에서 놓친 '대동아 공영권'이란 환상적인 목표가 역사적 상상력 속에서 다시금 부추겨지고 있고, 현실적인 정책으로서 재추진이 가시화 되어 나타나고 있다. 일본 내 우익세력과 일부 사학자들이 '대동아 공영권'이란 용어 대신에 '아시아연방체'를 추진해야 한다고 공공연히 주장하는 것이 바로 그 단적인 증거다.

어쨌든, 일본은 세계무대에서 영향력을 더욱 증대시키기 위해서 유엔 상임이사국으로의 진출을 노리고 있고, 또한 아시아 지역에서 중심 국가로서 자리를 굳히기 위해서 '시위성'의 외교력을 펼치면서 군사 대국화를 추진하고 있다. 이런 일본의 대변혁 몸부림에는 막강한 경제력을 앞세운 국제 사회에서의 영향력 증대, 전후세대의 정치권력 장악, 과거 역사 속에서 가질 수 있는 자국민으로서의 자부심, 그리고 미국의 일본 끌어안기, 한국과 중국 등의 발전과 자국에 대한 자극적 혹은 간섭적인 발언 등 대내외적인 여러 요소가 작용하고 있다. 거꾸로 말하면, 일본은 패전국으로서 60년이란 세월이

흐른 지금, 과거의 틀을 완전히 벗어버리고 새로운 모습으로 변신할 수 있는 좋은 기회를 맞이했다고 생각하고 있는 것이다. 마치 우리가 근 50년 동안 미국의 후원 아래 비약적인 경제발전을 이루어왔지만 -그래서 미국의 잘 보이지 않는 규제를 받아왔지만- 이제는 그 미국을 밀어내야 한다고 생각하는 사람들이 여론을 부추기고, 마침내는 정치권력을 장악하고 있듯이 말이다. 그리하여 우리가 미국과도 대등한 관계에서 모든 정치 현안에 대해 풀어가기를 기대하며 마찰을 빚으면서도 한반도의 자주 평화적 통일을 지향하고 있듯이, 일본은 미국의 규제를 벗어나 자기 목소리를 내며 국제사회에서 영향력을 행사해야 한다면서 우익성향으로 재무장하고 있는 것이다.

특히, 미국의 일본 끌어안기는 우익 성향으로 치닫고 있는 일본에게 결정적인 힘을 실어주고 있다. 물론, 미국으로서는 이라크 전쟁으로 인해 일본의 경제적 군사적 지원이 절박했고, 반미감정으로 고조된 한국보다는 일본과의 공조가 무서운 속도로 발전하는 중국을 견제하기에 더 효과적이라는 판단을 했을 것이다. 뿐만 아니라, 프랑스 독일 영국을 중심으로 한 유럽연합이 출범하여 자국을 견제하기 때문에 미국으로서는 보다 강력하고 힘이 있는 일본이 더욱 간절했을 것이다. 이런 배경에서 미국은 일본을 부추겨 세워서라도 아시아 지역에서의 중심적 역할을 위임하는 대신에 자국과의 공조 유대를 강화하여 세계질서를 재편함으로써 자국의 영향력을 유지, 확대해 보고자 하는 것이다.

우리가 '동북아시아의 중심'과 '동북아 균형자'라는 말을 하기 전에 일본은 자국을 중심으로 한 '아시아연합체'를 꿈꾸며 밑그림을 그려왔다. 우리가 역사를 왜곡하지 말라고, 신사참배를 하지 말라고 일본을 향해 성토할 때에 -이제 더 이상 그럴 필요도 없고, 그래보았자 그들의 우경화를 부추기는 꼴이지만- 그들은 패전국으로서 와신상담하며 부국강병책을 추진해왔다. 그리고 우리가 휴전 후 적으로만 간주해왔던 북한 -그들이 우리를 늘 적대시했으며 적화통일 노선을 포기하지 않았기 때문이지만- 을 동포라는 이유에서 일방적으로 끌어안는 과정에서 국론이 분열되고, 반미감정을 노출시켰지만 그 와중에도 일본인들은 국제적 교류를 넓히며 미국과의 공조를 다져왔다.

그리하여 오늘날 때가 무르익었다고 판단한 일본은, 한국과 중국을 무시하며 자국의 역사를 재해석하고, 국민적 단합을 촉구하며, 자신들의 진짜 모습을 드러내 보이고 있는 것이다. 60년 동안이나 와신상담한, 패전국의 국민으로서 포기해야 했던 '대동아공영권'을 '아시아연합체'로서 그 숙원을 풀려하고 있는 것이다. 그리고 우리가 '역사바로세우기'라는 미명하에 과거의 역사적 사실조차도 스스로 비하하고 스스로 부정하는 집안싸움으로 정력을 낭비할 때에 그들은 오로지 옛 영광을 떠올리며 일본을 중심으로 한 아시아연합체라는 꿈을 실현시키기 위해 구체적인 움직임을 보이고 있는 것이다.

그 '아시아 연합체'의 실상이 무엇인지는 우리 정보기관이나 학계에서 이미 즉각적인 분석이 이루어졌어야 하는데 그러지 못한 것을 보면 우리는 분명 늦잠을 자고 있는 게으름뱅이요, 암울했던 어제보다는 오늘이 행복하다고 바깥세상이 돌아가는 형국을 외면한 채 침대 위에서 그저 평화를 외치고, 우리 땅인 독도를 우리 땅이라 목이 터져라 외치고 있는 꼴에서 벗어나지 못하고 있음에 틀림없다. 독도가 우리 땅인지 몰라서 일본인들이 자기네 땅이라고 주장한다고 믿으면 순박하기 짝이 없는 무지 그 자체이리라.

잠시 뒤돌아보자면, 우리는 말을 앞세우는 경향이 유별난데 그를 경계해야 할 필요가 있다고 나는 생각한다. 화려한 말들로 포장된 정치적 구호에 휘말린 채 국론이 분열되어가지만 실천에 옮겨지는 일들은 늘 지지부진하다. 뿐만 아니라, 국가간의 역학관계가 급변하고 우리의 평화를 위협하는 요소들이 돌출해도 마냥 너그럽기만 하다. 전쟁을 반대하고 평화를 외치지만 평화를 좋아해서라기보다는 그저 현 평화체제에 안주하고 싶을 따름으로 내겐 보이는데 오히려 그런 나에게 문제가 있다고 힐난하지는 않을지 모르겠다. 그러나 평화가 그냥 주어지는 것이 아님을 인류사를 통해서 잘 알 텐데 우리들의 태도가 지나칠 정도로 무사안일주의에 빠져 있는 것을 보면 굳이 나의 판단을 수정하고 싶지는 않다.

우리가 과거에 비해 변화 발전해 있다는 사실에서 자신감을 표출하고, 또 자랑스럽게 미래에 대한 비전을 제시하는 것도 좋지만 그것들에 실천이 뒤따르지 않는다면 결국 다른 나라에 자극만 주어 그들의 발전을 도모하게 만든다는 사실을 우리는 간과해서는 아니 될 것이다. 분명, 우리가 변화 발전해 있으면 다른 나라도 이미 변화 발전해 있거나, 아니면 앞으로 얼마든지 변화 발전할 수 있다는 사실을 계산에 넣지 못하는 단순함을 보여서도 아니 될 것이다. 한 마디로 말해, 준비도 없이, 능력도 없이, 우쭐대며, 상대방을 무시하는 자만심을 모름지기 경계해야 할 줄로 믿는다.

원컨대, 우리가 살아남으려면 작은 한반도는 아시아의 눈이 되고 핵이 되어야 한다. 한반도 구석구석이, 아니 전체가 일본의 동경이나 중국의 상해보다 모든 기능면에서 앞서야 한다. 그래야 중국과 일본이 나름대로 변화 발전하여도 우리를 무시할 수 없게 될 것이다.

그런 의미에서 본다면 우리는 할 일이 너무 많다. 하루빨리 평화적으로 남북통일이 이루어져야 하고, 핵을 보유해야 한다고 공개적으로 말할 수는 없지만, 보유하지 않더라도 보유국에 버금가는 국방력을 갖추어야 한다. 그런 다음에 모든 문명과 문화가 한반도에서 나오고 한반도로부터 나아가 전 세계인이 공유할 수 있도록 국민 전체의 창의적인 생활의 꽃이 피워져야 할 것이다.

따라서 우리 시인들이 독도에 대하여 시를 한 편씩 짓는 동안에

국방부에서는 잠수함이라도, 아니 구축함이라도 한 척 건조했어야
한다. 그런 의욕과 실질적인 힘만이 독도를 지키는 유일한 길이며,
오만불손한 중국과 일본의 등살에서 자존심을 지키며 평화와 번영
을 누릴 수 있을 것이고, 미국이나 러시아와도 수평적 관계에서 나
라발전을 추진하는 대화를 나눌 수가 있을 것이다. 그러기 위해서는
무엇보다도 정치적 리더쉽을 발휘해야 하고 국민들의 의식수준이
뒤따라줘야 할 것이다.●

보라, 동해의 떠오르는 해를

-이름의 언어학

황 인 용

· 전남대 농과대학 졸업
· 언론사 퇴직
· 월간 「에세이」를 통해 수필 부문 등단
· 동방문학회 회원
· 현재 전업작가로서 시와 수필을 창작하고 있음
· 주소: 우)137-764
  서초구 반포2동
  주공Ⓐ 2단지 233동 105호
· 전화:02-599-6373

자로(子路)가 공자에게 물었다.

"위(衛)나라 임금이 정치를 맡긴다면 무엇부터 하시겠습니까?"

"반드시 이름부터 바로잡겠다. 이름이 바르지 않으면 말이 조리에 맞지 아니하고, 말이 조리에 맞지 않으면 이루어지는 일이 없다."

자로와 공자의 유명한 문답을 듣고 있노라면 군사독재 시절 유행했던 말이 떠오른다.

"되는 일도 안 되는 일도 없다."

악취가 진동했던 군사독재의 부패상을 체념 겸 조롱한 수사법이었음은 물론이다.

오늘날 정권 차원의 부패는 거의 사라졌지만 되는 일보다 안 되는 일이 여전히 많음은 무슨 까닭인가? 무엇보다 언어 폭력에 지나지 않는 어처구니없는 말들이 대량생산돼 대량전달 된다는 점에서 그 원인을 찾을 수밖에 없으리라. 어찌하여 말도 아니고 소도 아닌 지록위마(指鹿爲馬)의 궤변들이 난무하는가 하면 이름 즉 명분이 올바르지 못하기 때문이다.

단적으로 개혁의 시대에 반개혁, 통일의 시대에 반통일의 명분 가지고 이루어지는 일이 무엇이 있겠는가? 하물며 "우리에게는 희망이 없으니 이민이나 가라"고 자학하며 절망감을 확산시키려 혈안이니 찾아 왔던 희망도 그만 도망가고 말 터이다.

"천자(天子)의 직무는 예절보다 큼이 없고 예절은 명분보다 큼이 없다."

이제 필자는 그 해답을 통감절요(通鑑節要)에서 찾고 싶다. 천자에게도 명분은 하늘 같은 존재이유였거늘 하물며 오늘날에서랴.

이 점 과거를 돌아보자면 멸공통일의 깃발과 함성이 요란했던 이승만 정권과 반공이 국시였던 군사독재 시절 신라의 삼국통일은 빛나는 전통으로 미화됐다. 오늘날 평화통일의 시대를 맞아 그토록 삼국통일 예찬하느라 해가 뜨고 지는 줄도 몰랐던 역사학자들은 다 어디로 갔는가?

이쯤에서 미국을 등에 업은 북진통일론이나 신라의 당나라 끌어들이기나 붕어빵임을 인식하기 어렵지 않으리라. 환언하면 친미사대주의는 모화사대사상의 복사판에 지나지 않는다. 여기에는 친일부역자들도 예외가 아님은 물론이다.

그들은 한결같이 자기배반(민족배반)의 역사를 연출해 왔을 뿐이었다. 오늘날 범람하는 궤변들이 자기합리화의 강변에 지나지 않는 까닭이기도 하다. 대표적으로 안병직 교수가 "일제 식민지배는 근대화에 유익했다"고 말할 때 그는 자신이 친일파의 후손임을 정직하게 고백한 데에 지나지 않는다.

이야말로 역사학자라는 사람의 역사적 자폐증과 청맹과니가 아니라면 무엇이겠는가?

해방 이후 우리의 역사는 불행히도 친일파들이 득세한 자기배반의 역사의 연장에 지나지 않았다. 그들은 기회주의자답게 친일파에서 친미사대주의자로 카멜레온처럼 화려하게 변신했다.

이제 국민이 사대주의자들의 최면에서 점점 깨어나고 있는 지금 자기배반의 역사 청산은 무엇보다 시급한 개혁의 과제로 등장하고 있다. 그렇지 않는 한 민족배반의 역사는 되풀이될 수밖에 없기 때문임은 물론이다.

이제 민족배반의 역사 청산은 누구도 거스를 길이 없는 시대적 당위이자 필연으로 등장하고 있다. 실로 우리에게 얼마나 고마운 명분인가?

이 사실을 도저히 받아들일 수 없는 사람들은 저 '립 반 윙클'처럼 심리적 공황상태에 빠져 있다. 하는 말은 횡설수설이며 행동은 좌충우돌이다.

이진우라는 철학교수가 국민의 정부를 비난하기 위해 "전제정치에서는 행위하기보다 사유하기가 훨씬 힘이 든다"고 말했을 때 이는 횡설수설의 극치가 아니라면 무엇이겠는가? 보나마나 그는 군사독재 시절에는 꿀 먹은 벙어리였을 터이다. 그는 숫타니파타의 말씀처럼 칭찬해야 할 사람 비난하고 비난해야 할 사람 칭찬하고 만 것이다.

이처럼 정신분열증 걸린 사람들은 비단 우리뿐만이 아니라 중국이나 일본에도 흔하다는 데에 문제의 심각성은 도사리고 있다. 눈만 뜨면 역사교과서 왜곡과 침략전쟁 미화 및 독도를 자기네 땅이라고 우기는 일본의 극우파들.

더불어 고구려 역사를 통째로 날치기하려는 중국인들은 얼마쯤 올바른 명분에서 어긋나 있는가? 그러니 그들의 일이 이루어질 리는 만무하리라.

일본이 한사코 역사교과서를 왜곡하면서 침략전쟁을 미화함은 다시금 전쟁을 하겠다는 명백한 의사표시이다. 그럴 때 독도만큼 좋은 전쟁의 명분이 또 어디 있겠는가?

상황은 이처럼 염려스러운데 우리는 언제까지 등 뒤에 위험한 이웃인 일본을 두고 북한과 적대하고 있어야 할까? 하루빨리 통일을 이룬 뒤 일본의 위협에 대비하지 않으면 안될 터이다. 국방력 또한 해군과 공군 위주로 재편해야 함은 물론이다.

또한 통일을 이루어야 '동북아 균형자' 역할은 비로소 할 수 있음도 두말할 나위가 없는 일임에랴. 통일의 첩경은 우리 안의 친일파 청산임을 특히 강조하고 싶은 까닭이다.

그건 그렇고 이 글의 본론인 동해 표기 문제로 옮겨가 보자. 일본의 국력이 우리의 열 배쯤인 관계로 국제적인 영향력도 그만큼 크다. 동해와 일본해 병기보다 일본해 단독 표기가 많음은 오로지 국력 차이로밖에 설명이 안 된다.

과연 생명 같은 명분으로 보면 어떠한가? 무엇보다 서양의 고지도(古地圖)에 동해 표기가 압도적으로 많다는 사실에 주목해야 하리라. 비록 근세 들어 일본해 표기가 늘어나긴 했지만 말이다.

경희대 해정(海政) 문화연구소 김희정 소장에 따르면 18세기 초까지 동방해로 표기되던 동해는 18세기와 19세기 초까지 코리아해로 쓰였고 19세기 중반에는 코리아해와 일본해로 병기되다가 19세기 후반부터 일본해로 고착됐다고 한다.

이는 중차대한 점을 시사한다. 동해는 우리의 동해일 뿐만 아니라 세계의 동해이기도 하다는 사실 말이다. 이보다 서구인들을 설득할 절호의 명분이 또 어디 있겠는가?

서구인들이 동아시아 또는 극동지방이라는 용어를 사용함은 자신을 세계의 중심으로 생각하는 발상법일 뿐이지만 우리의 동해를 위해서는 더 이상 다행할 수 없는 관습헌법일 수 있기 때문이다.

어쨌든, 한국해나 일본해는 상대방 나라에서 도저히 받아들일 수 없는 이름이기에 국제적으로 쓰지 않는 편이 현명하다. 이 또한 국제사회에서 훌륭히 통할 수 있는 명분임은 물론이다. 동해가 한국해이기도 하고 러시아해이기도 하지 어찌 온전히 일본해일 수 있겠는가 말이다.

일본(日本)은 그 국호가 우리의 조선(朝鮮)에서 따온 이름으로 아사히(朝日)는 아사달(阿斯達)의 복사판에 지나지 않는다. 우리의 옛말로 아침은 '아사'였기 때문이다.

이러한 일본의 성격상 그들의 일본해는 해가 뜨는 동쪽인 태평양쪽이어야 맞다. 해가 지는 서쪽인 우리의 동해가 일락해(日落海)이지 어떻게 일본해이겠는가 말이다. 이야말로 지록위마의 극치에 지나지 않으리라. 다시금 말하거니와 해(日)의 근본(根本)은 동쪽이지 서쪽은 아니다.

그토록 독도를 죽도(竹島)라 우기는 일본인들에게 나는 다만 "지도는 영토가 아니다"라는 어의론자(語義論者)인 코르지프스키의 말만 들려주고 싶다.

우리가 동해 표기 문제에서 가장 도움을 받아야 할 나라는 러시아다. 그들은 동방진출이 오랫동안의 꿈이었다. 블라디보스토크의 뜻이 "동방을 지배하라"라니 동해와 직접 연결되는 이름임에랴. 하물며 러시아는 사할린 영유권을 두고 일본과 신경전을 벌이고 있는 처지니 우리쪽 견해에 적극 찬성하지 아니할 도리 없으리라.

"동해물과 백두산이 마르고 닳도록……"

"보라 동해에 떠오르는 해를, 누구의 머리 위에 이글거리나……"

이처럼 동해는 우리들의 존재 이유나 다름없었다. 조선이라는 국호가, 아사달이라는 광명의 이름이 모두 동해에서 말미암았는데 일본해의 이름이 가당키나 한가?

필자는 몇년 전 동해를 아침 나절 바라보며 천상천하 유아독존(天上天下 唯我獨存)의 바다라는 생각을 해본 일이 있었다. 섬 하나 보이지 않는 동해는 무서우리만큼 고독한 실존의 바다였던 탓이다.
이제 다시금 생각해 보니 독도야말로 유아독존의 섬인 듯싶기만
하다.

금수(錦繡)로 구비쳐 내리던
장백(長白)의 멧부리 방울 뛰어
애달픈 국토의 막내
너의 호젓한 모습이 되었으리니

창망(蒼茫)한 물구비에
금시에 지워질 듯 근심스레 떠 있기에
동해 쪽빛 바람에
항시 사념의 머리 곱게 씻기우고
자나깨나 뭍으로만 뭍으로만
향하는 그리운 마음에
쉴 새 없이 출렁이는 풍랑 따라
밀리어 밀리어 오는 듯도 하건만
멀리 조국의 사직의
어지러운 소식이 들려올 수 없음이
어린 마음의 미칠 수 없음이
아아 이렇게도 간절함이여.

기마민족의 후예인 청마(靑馬) 시인은 일찍이 울릉도를 이렇게 노
래했다. 이는 독도에 바쳤어야 명실상부한 시였지 않았을까 싶다. ☯

부록

부록

- '독도' 앤솔러지가
나오기까지의 관련 자료

– '독도' 앤솔러지가 나오기까지의 관련 자료

1. 문학의 즐거움, 한민족작가연합, 문학카페 '생각하는 사람과 아름다운 사람들' 외 몇 몇 문학사이트에 2005년 3월 11일 게시한 원고청탁서

▶ '독도' 앤솔러지 발행과 관련 원고청탁서

존경하는 문학인 여러분, 안녕하십니까?

다름 아니오라, 독도 관련 문학작품, 사진, 논문, 칼럼, 신문기사 등의 자료와 함께 독도 앤솔러지를 발행하여 배포함으로써 우리 스스로가 새삼 국가의 정체성을 생각하고, 현 정부의 미온적인 태도에 채찍을 가하며, 자주 외교 자주 국방을 전제로 하는 민주국가로서의 경제건설을 이루어내야 한다는 사실을 이웃사람들께 일깨워 주고자 합니다. 그럼으로써 엄연한 우리의 영토인 독도를 가지고 일본인들이 妄言과 무분별한 策動을 하지 못하도록 해야 할 것입니다.

이에, 역사의식을 갖고, 힘의 역학관계만이 존재할 뿐인 국가간의 현실을 직시하는 우리 문학인들이 먼저 나서서 독도를 소재 내지는 제재로 한 작품을 창작하여 여러 자료들과 함께 독도 앤솔러지를 만들어내는 일에 적극 동참해야 할 줄로 믿습니다.

본인은 동방문학 통권 제39호에서 〈새 친일파를 위한 변명을 비판하다〉라는 특집의 글에서 이미 밝힌 바 있듯이, 우리가 이런 저런 이유로 미국을 밀어내는 만큼 미국은 일본을 가깝게 끌어들일 것이고, 그 결과가 일본의 군사력 대국화 추진이며, 동시에 한반도의 평화적 통일 방해로 나타난다는 사실입니다.

잘 아시다시피, 우리는 중국, 러시아, 일본 등 강대국 사이에 끼여 자주적 국가로서의 진정한 평화를 누릴 수 없었으며, 오늘날도 중국이 고구려는 고대 중국의 변방국가일 뿐이라 해도, 또 일본이 독도를 자기네 영토라고 주장하고 불법적 책동을 해와도 마땅히 대응책을 내놓지 못하고 있는 실정입니다.

존경하는 문학인 여러분, 독도를 노래하여 영원한 한민족의 영토임을 만천하에 알려 줍시다. 그리고 개개인이 처한 현실적 환경 속에서 더욱 열심히 노력하여 국력을 증진시켜서 후손들에게는 아주 강건한 미래를 보장해 주도록 합시다. 그것은 오로지 개개인이 갖는 실력이며, 동시에 그것의 통합이며 운용입니다. 바로 여기에서 정치가 얼마나 중요한가를 알게 되는 것입니다.

우리 문학인 여러분께 지혜가 샘솟아 좋은 글들이 많이 많이 쏟아져 나오기를 기원하면서, 독도 관련 앤솔러지 발행을 위한 원고청탁을 정중히 해 올리는 바입니다.

2005년 3월 11일

동방문학 발행인 겸 편집인

이시환 올림

*원고는 2005년 4월 20일까지 이메일(dongbangsi@hanmail.net)로 전송해 주시거나, 문학카페(http://cafe.daum.net/dongbangsi) 게시판에 직접 올려 주시기 바랍니다. 혹, 인터넷을 하지 않으시는 분들은 동방문학사(서울 중구 충무로 5가 19-9부성빌딩 702호) 앞으로 우편 발송해 주시기 바랍니다. 단, 작품을 보내주시는 분들께는 초판 1000부 발행하여 단행본 책자 2권씩을 우송해 드리겠으며, 초판 700~800부 정도가 팔려 재판을 찍을 시에는 인세(발행부수 곱하기 정가의 15퍼센트)를 선불로 지급토록 할 것입니다. 혹, 창작되는 원고량이 적어 단행본 책자 발행이 어려워지면 동방문학 특집으로 돌리겠음을 미리 알려 드리는 바입니다.

　※ 이 원고 청탁서는 2005년 4월 11일 원고마감 날짜를 변경하여 50여 문사께 우편발송되었음.

2. 십여 편 이상의 독도 시를 카페에 올리셔서 많은 관심을 보내주신 김항식 시인님께 편집자가 보낸 편지

김 항식 시인님, 안녕하세요?

아주 오랜만입니다.

선생님의 시들은 틈틈이 '한민족작가연합' 사이트에서 잘 읽고 있습니다. 그래서 김 선생님이 가지고 있는, 특히 인간 세상을 바라보고 있는 시각과 우리 역사에 대한 인식을 제 나름대로는 판단하고 있습니다.

선생님의 독도 시에서 보여주고 있는 것처럼 국가간의 관계는 항시 그럴듯한 명분을 (예컨대, 평화라든가, 가난과 질병 재난 등에 대한 구제라든가, 인권이라든가, 자유 민주라든가 등등) 앞세우지만, 실제로는 자국의 이익만을 위해서 모든 국가간의 외교관계가 맺어지고, 모든 관련 정책이 입안된다는 사실을 우리들이 알아야 하는데 우리나라의 정치적 현실은 그러하지 못한 것 같습니다. 그런 무서운 현실을 직시하지 못한 채 감상에 빠져 있는 여론의 눈치만을 살펴야 하니 안타깝기 그지없습니다.

현 대통령은 지난 대선 시에 군 복무 기간을 단축시켜 준다하여 젊은이들의 표를 구걸하여 얻었고, 곧장 대통령이 된 후 약속을 지키기 위해 군 복무기간을 단축시켜 주었었지요. 그리고 얼마 안 있어 군인 수를 감축하기도 하였지요. 동시에 반미감정을 가진 세력의 대규모 시위로 여론이 비등해지자 동맹관계인 미국을 멀리하는(미국으로부터의 독립해 과는 과정이라고 말할 수도 있지만) 태도를 보이면서 미국의 의심을 사기 시작했지요. 그러자 한국이 원한다면 언제든지 주한 미군을 철수시키겠다고 미국이 으름장을 놓자 미군의 바짓가랑이를 붙잡고 애원하는 식으로, 일부의 국민들은 집회를 갖기도 하고, 찬반여론이 비등한 가운데 미국의 요구대로 이라크 파병을 하였고, 또한, 여론을 의식한 대미관계인식을 반영했던 모호한 말들을 애써 바꾸기 시작했지요.

그러나 미국은 이미 상처를 크게 받은 뒤이고, 언제든지 여건만 조성되면 한국이라는 나라는 자기들과 등을 돌릴 수 있다는 사실을 미국이 알아차리게 되었지요. 그런 미국으로서는 패전국인 일본에게 특혜를 주면서까지 끌어안을 수밖에 없었을 터이고, 이에 일본은 바라던 바 군사력을 합법적으로 갖게 되는 호기를 맞았을 뿐 아니라 동북아시아에서의 자국의 영향력을 다시금 행사하고픈, 그것도 미국의 묵인하에, 의욕과 실질적인 노력을 기울이고 있는 중이지요. 역사교과서 왜곡문제도, 독도문제도 다 같은 맥락에서 이해해야 할 것입니다.

앞으로 전개될 한반도의 평화적 통일을 가장 극명하게 반대하는 공작을 벌일 나라도 일본임을 우리는 분명하게 인식해야 할 것입니다.

　우리의 대통령은 미국을 밀어내면서 생긴 공백을 중국, 인도, 러시아, 베트남 등과 친교 강화로 만회하려 하지만 그리 쉽게 되는 일이 아닐 것입니다. 국제간의 관계가 그리 쉬이 내 마음처럼 풀리지는 않을 것입니다. 상대방이 원하는 것을 우리도 주어야 하기 때문이지요. 그것을 알아차렸는지 뒤늦게 미국과의 혈맹관계를 강조하는 말을 흘리는 궁여지책을 펴고 있긴 하지만 이미 상처받고, 돌아서버린 미국이 마음을 예전처럼 복원시키겠는가?

　나는 알고 있습니다. 당신의 시에서 말하고 있는 것처럼 어느 날 갑자기 독도가 없어져 버리거나(일본 내 우익세력이 주장해 왔듯이 폭파해버린다면) 일본인들이 독도에서 경계를 하며, 국제법상의 절차를 밟아가는 그들을 두 눈 뜨고 바라보아야만 하는 날이 오지 말라는 법도 없다는 사실을 말입니다.

　도적의 역사나 다름없는 인류의 역사가 말해주듯 독도가 어느 날 갑자기 일본의 영토가 되어버릴 수도 있다는 사실을 우리는 통찰하고, 지금 당장 무엇을 해야 할 것인가를 깊이깊이 생각해 보아야 할 줄로 믿습니다.

　독도에 대한 많은 시를 지으시고 우리의 역사에 대해 지대한 관심을 가져 주신 점에 대하여 동시대를 살고 있는 한 사람으로서 감사를 드립니다.

2005년 3월 15일
이시환 올림

'독도' 시 분석을 통한 문학평론을 하실 분을 구합니다!

동방문학회에서 주관하고 있는 독도 앤솔러지 발간에 앞서 독도를 중심 소재로 한 시 작품들을 분석하여 문학평론이나 논문을 쓰실 분을 정중히 모시고자 합니다. 작품의 주 내용과 주제를 분석하여 시인들의 의식을 확인할 수도 있고, 주제와 표현기법의 상관관계(유기성)를 분석하거나, 객관적으로 존재하는 독도가 작품 속에서 어떤 의미를 부여받고 어떤, 새로운 존재가 되었는지를 분석하여 詩作의 원리를 유추해 낼 수도 있다고 봅니다.

이번 기회에 아래와 같은 조건에서 나름대로 창의적인 노력을 기울여 문학평론가 내지는 이론가로서의 첫발을 내딛기 바라마지 않는 바입니다.

@아래@

*분석대상 : 카페 〈생각하는 사람과 아름다운 사람들〉에 게시되어 있는 독도 시 800여 편
*평론 또는 논문의 주제와 비평방법 : 자유
*원고마감: 2005년 4월 30일까지
*혜택:
  -동방문학 문학평론 부문 신인상 응모작으로 간주하여 긍정적으로 심사함.
  -5월초에 발간될 독도 앤솔러지와 6월호 동방문학지에 수록하여 소개.
  -채택되는 원고에 한하여 소정의 고료를 드림.
*원고 보내실 곳: dongbangsi@hanmail.net
*문의: 이시환(011-9276-9978)

※세 사람이 전화 문의를 하고 시도해 보겠다고 약속하였으나 실천에 옮겨 탈고한 이는 단 한 사람도 없었다.

저는 어제(4월 29일) (사)한국시인협회에서 펴낸 〈내 사랑 독도〉를 일독하였습니다.

이 책자에는 44명의 시 작품이 그림과 함께 수록되어 있었으며, 고급 수입지에 칼라로 인쇄되어 (12.5×21cm) 있었습니다.

수록된 시인들은, 강은교, 고 은, 고형렬, 김광규, 김규동, 김남조, 김소엽, 김왕노, 김종길, 김종철, 김종해, 김후란, 도종환, 민 영, 박정대, 서정규, 성찬경, 신경림, 신달자, 오세영, 오탁번, 유안진, 이가림, 이건청, 이근배, 이기철, 이선영, 이성부, 이수익, 이승하, 이태수, 장석주, 전윤호, 정일근, 정진규, 조말선, 조정권, 천양희, 최창균, 편부경, 함민복, 홍윤숙, 황금찬, 허만하 등이었으며, 김만규 화가의 독도 그림(수묵담채) 22점이 시와 함께 배경으로 혹은 독립적으로 수록되어 있어서 시 작품에 대한 이미지를 한껏 살려 주고 있었습니다.

이 시집에 대하여 중앙일보(손민호 가자)는,

"고은, 김남조, 신경림, 이근배, 황금찬 등 국내 시단을 대표하는 시인 44명이 독도를 시로 노래한 시집 '내 사랑 독도'(문학세계사)가 출간됐다. 한국시인협회가 지난 2~5일 독도 앞바다에서 연 '독도사랑 시낭송 예술제'참가작 17편에 다른 작품을 더해 한권의 시집으로 묶었다. 예술제 행사 당일 풍랑으로 독도 접안이 어려워지자

선상에서 발표, 화제가 됐던 고은 시인의 즉흥시도 실렸다.

'네 이름을 부르러 왔다/네 이름을 불러/세상 아득히/너의 천 년을 전하러 왔다//독도//동해 독도'('독도에서')."

라고 지난 4월 19일자에 보도하였었습니다.

이들 점잖은 시인들이 스스로 그렇게 말했을 리는 없지만, 기사 내용에서 보면 이들 44인이 "국내 시단을 대표한다니" 불쾌감이 순간적으로 듦을 또한 숨길 수 없었던 것이 사실입니다. 나도 쉽게 '그저 값싼 신문이어서 그렇겠거니' 하며 혼자 웃어넘길 수도 있겠으나 이처럼 쉽게 해버린 말 같지 않은 말(기사내용) 때문에 대다수의 사람들은 또 다른 편견을 갖게 된다는 사실을 왜 간과하는지? 대체, 신문사 가자들은 무슨 객관적 근거라도 갖고 있다는 말인가? 소인으로서는 되묻지 않을 수 없습니다.

독도를 노래한 다른 시인들이여, 그대들만의 작품으로 비교해 보고, 따져 보시라! 시인으로서 일말의 자존심도 없나이까?

(동방문학에서 펴내는 독도 앤솔러지는 현재 편집 중에 있습니다.)

5. 필진 주소록

이름	우편번호	주 소	전화·핸드폰
강상률	745-832	경북 문경시 산북면 창구리 216	054-555-0807 017-513-4420
강춘성	135-280	강남구 대치동 선경아파트 8-306	02-542-3490 016-332-3320
강태국	690-029	제주시 도남동 77-9	064-758-8817

고　원		11530 Pala Mesa Drive, Northridge CA 91326 U.S.A.	818-831-5844
권영우			011-9143-4379
권용섭		3030 W.8th street.＃200, Los Angeless, CA 90005, U.S.A	310-378-4302(H) 213-632-2522(O)
김경수	122-863	은평구 불광3동 371-5 성암빌라 4-403	335-3705 011-354-3705
김　광	143-878	광진구 자양3동 762 한라아파트 101-102	016-218-6869
김대원	780-410	경주시 마동 76-9, 7통3반	054-746-3495 017-331-2540
김동원	390-030	제천시 의림동 12-8 12통 3반	043-645-2414 010-6689-4200
김병제	130-776	동대문구 청량1동 현대아파트 2-303	966-0404 011-571-8207
김성진	676-805	함양군 함야읍 용평리 734-1	055-963-3369 016-9273-3369
김숙자	742-804	상주시 함차읍 오사1리 211	054-541-6598 016-9541-6598
김　승	503-829	광주 광역시 남구 월산4동 944-36	062-366-5253 011-634-3835
김영월	132-759	도봉구 도봉2동 62-5 동아에코빌아파트 103-1501	3491-6570 018-385-1570
김용관	502-806	광주광역시 서구 금호동785 송촌아파트 102-1903	062-682-4280 011-9615-7577
김　원	435-040	군포시 산본동 1156-15 한라아파트 413-2001	031-398-1432
김재황	151-850	관악구 봉천11동 1643-30	878-9749
김종제	122-010	은평구 응암동 114-1 신진과학기술고등학교	385-3451 016-252-4893
김준환	395-862	단양군 단성면 외중방리 411 시인마을	043-422-7805
김지향	152-838	구로구 구로5동 42 LG신도림자이아파트 102-3103	868-1887 016-9216-2145
김창종	139-819	노원구 상계9동 626 주공아파트 1408-808	932-2434 017-714-2434

金 評	701-811	대구광역시 동구 신암5동 134-183번지 내 '영화마을'	053-942-3700 011-9571-2963
김태은	323-807	부여군 부여읍 저석리 25-17 백제전원마을	041-837-0072 019-630-0072
김항식	689-843	울산시 울주군 두동면 봉계리 535	
김현숙	138-826	송파구 문정동 67-17 연화복지관	011-9250-2701
김희경	426-811	안산시 상록구 본오2동 825-7(302호)	031-408-6087 016-851-6087
김호길		3065 mt. View Ave. L. A. CA. 90066 USA	310-391-2173
남기일	156-010	동작구 신대방동 706 보라매우성아파트 1-201	834-8456 011-697-8456
도창회	412-150	고양시 덕양구 오금동 186	381-8221 016-292-2774
민영희	406-130	인천광역시 연수구 동춘동 삼환아파트 113-601	032-817-3821 019-412-0089
박건호	138-777	송파구 송파2동 166번지 삼익아파트 208-1101	415-1015 017-725-1146
박곤걸	706-786	대구광역시 수성구 지산동 761 녹원맨션 110-1002	053-768-4198 011-951-4196
박세문	607-830	부산시 동래구 안락2동 455-13 화전연립 2동 102호	010-8276-1115
박영자	139-756	노원구 상계7동 주공아파트 604-406	938-4165 011-9776-4165
박일동	153-032	금천구 시흥2동 벽산아파트 518-1503	892-2121 011-9753-7979
朴一笑	139-770	노원구 월계2동 월계주공아파트 101-603	011 9833 3154
박정래	476-821	경기도 양평군 양서면 국수1리 101번지	031-771-8052 016-9212-5404
박정진	121-021	마포구 공덕1동 공덕삼성래미안아파트 109-1104	6241-6425 017-252-2425
박종일	435-060	군포시 대야미동 231 건양아파트2차 903호	011-9113-6749

박종해	683-410	울산광역시 북구 송정동 735	052-298-8558 016-801-7545
박희호	138-847	송파구 석촌동 290-7 호정빌딩 301호	415-1925 010-7310-8581
백기출	135-080	강남구 역삼동 개나리아파트 33-1102	568-7260 011-261-7559
서지월	711-860	대구광역시 달성군 가창면 대일동 78 두문산방	053-767-7421
송택경	767-803	울진군 울진읍 읍내리 196-4 현대아파트 101-203	054-782-6365 011-9715-6365
신광현	742-801	상주시 함창읍 윤직리 709-1	054-541-3819 010-9380-3819
신군선	210-080	강릉시 임당동 10-3 7통 3반	033-643-3969 011-362-3969
신국현	137-883	서초구 방배2동 2732-33 택지 16호	3486-7344 017-296-7344
안도섭	411-756	고양시 일산구 탄현동1470 탄현마을1004-2401	031-925-3441
안용민	142-818	강북구 미아6동 1265-236	
안재동	157-861	강서구 염창동 240-32 금호아파트 104-1004	6735-8945 010-9683-1472
안혜초	130-083	동대문구 이문2동425 삼성래미안아파트 103-702	957-9934 019-223-8339
Yeo Young Nan		3030 W. 8th street. #200, Los Angeless, CA 90005, U.S.A	310-378-4302(H) 213-632-2522(O)
양 숙	430-071	안양시 동안구 평촌동 꿈마을동아아파트 309-1504	031-925-3441
여한경	706-795	대구광역시 수성구 황금동240 우방타운 5-505	053-764-0550 011-820-9992
오남구	122-810	은평구 갈현1동 407-25	2272-6006 011-9116-6006
오정교	136-765	성북구 정릉1동 1014 스카이쌍룡아파트 101-906	911-3383 017-268-3382
오정방	360-171	청주시 내덕1동 세원빌리지 4동 404호	041-252-7346 011-9845-7346

왕영분	403-831	인천시 부평구 부평2동 767-81 중앙주택17차 101호	032-525-4622 010-4519-9177
우금수	516-801	곡성군 곡성읍 학정리2구 645-1	061-363-0033
위초하	757-805	예천군 예천읍 노화리 25-2	054-653-6096 011-9565-8332
유재남	456-230	안성시 금광면 옥정리 레스토랑 '인연엮어가기'	031-675-9020 011-9012-9020
유창섭	390-841	제천시 수산면 대전리 241 (시인촌)	043-653-9503 010-9683-1618
윤고영	135-240	강남구 개포동 시영아파트 15-106	574-3376 019-9003-3376
윤학제		미국 워싱턴 문인회	
이광녕	134-782	강동구 명일동 15 삼익그린2차아파트 502-611	3426-6961 017-322-6961
이무권	220-957	원주시 일산동 193-5 법무사이무권사무소	033-745-4343 016-9390-0088
이생진	132-020	도봉구 방학동 531 신동아아파트 101-1305	955-7823
이수화	121-090	마포구 염리동 521 LG마포자이아파트 106-202	717-9942
이시환	136-772	성북구 정릉1동 우성아파트 104-1811	919-2562 011-9276-9978
이양우	152-051	구로구 구로1동 642-46 우방아파트 2-607	6097-5337 011-9766-5337
이영로	467-864	이천시 부발읍 신원2리530	031-635-4544 010-4758-8889
이은심	152-059	구로구 구로본동 보광아파트 8-506	863-9634 018-285-8574
이인해	361-845	청주시 흥덕구 사직2동 623-5	043-266-2542 011-9583-2542
이의웅	134-850	강동구 성내1동 547-1 미주아파트 3-605	467-5005 011-9004-8364
이정숙	745-861	문경시 마성면 남호2리 215-4	011-9795-7478
이창년	139-758	노원구 상계10동 677 주공아파트 802-206	952-5553

이름	우편번호	주소	전화번호
이효녕	412-818	고양시 덕양구 토당동 399 삼화그린빌라 다-301	031-974-4549 018-368-0928
이희재		Hi-Zae Lee, 345 Victoria Suit 201 Westmount Quc. Canada. H3Z ZnZ	
임솔내	158-781	양천구 신월7동 시영아파트 18-404	2699-9049 011-9260-9900
임영준		http://www.hansimun.com/dukelim 미국 뉴욕 맨하탄 거주	
임정은	139-891	노원구 상계1동 수락파크빌아파트 506-1302	935-7415 011-9956-7415
임종린	122-897	은평구 역촌동 31-12	354-4390 352-8082
장종국	413-902	파주군 문산읍 임진리 8-44 임진나루터마을	031-953-2727 018-309-2547
장찬영	140-200	용산구 이태원동 251-70	031-242-2286 011-9059-7575
전석홍	135-812	강남구 논현동 9-7 엘림빌라 6층	542-1805 016-269-1805
정성수	138-879	송파구 가락1동 479 가락시영아파트 81-506	449-2924 011-9253-2977
정순택	745-801	문경시 문경읍 상초리 산42-8 팔왕휴게소(문경세재 소요산방)	054-572-2247 011-524-2248
정연수	235-600	태백시 태백우체국사서함 4호	011-361-2324
정원철	429-834	시흥시 월곶동 1004 풍림아파트 115-1901	031-318-0520 010-3938-9740
정정길	395-806	충북 단양군 단양읍 상진리 주공아파트 1동 207호	011-486-3072
정태모	210-925	강릉시 내곡동 110-6	033-641-2124
조숙연	302-281	대전광역시 서구 내동 30-21	042-527-1215 010-6483-1293
조현길	650-824	통영시 광도면 안정리 651	010-6506-1313
지상윤	136-833	성북구 장위1동 191-8	918-1684 011-9776-6684
채윤병	220-795	원주시 학성동 삼천리아파트 301-1602	033-743-3534 016-273-3534

최경구	143-761	광진구 구의3동 631-1 현대프라임아파트 1-2501	415-6420
최금녀	120-110	서대문구 연희동 123-9	337-0110 016-9390-0088
최순자	132-020	도봉구 방학동732 신동아아파트 115-608	956-9695 011-252-2133
최승범	561-781	전주시 덕진구 인후동1가 858-2 아중현대아파트 102-1405	063-247-2196 063-252-5104
추영수	415-748	김포시 장기동 청송마을 현대아파트 301-1701	031-998-3756
한상철	132-010	도봉구 도봉동 51-12 956-8481 중흥아파트 101-710	011-9713-8481
함동진	442-152	수원시 팔달구 화서2동 706번지 진흥아파트 144-604	031-297-3849 016-428-3839
현금순	403-771	부평구 산곡2동 145-7 경남아파트 304-1601	032-528-6250 010-6243-6260
홍석하	390-240	제천시 하소동 201-6	043-645-7739 016-404-7739
홍윤표	343-800	당진군 당진읍 읍내리 238-1 당진군청	041-355-3844 011-454-3844

내 마음 속의 독도

1. 몇몇 인터넷 사이트에 독도 앤솔러지를 펴내겠다고 3월 11일 공지해 놓았으나 출품한 시인들이 100인이 되지 않아 4월 11일 다시 50인의 시인들께 제한적인 원고청탁서를 발송하여 이 앤솔러지가 나오게 되었다. 보다 많은 문사들께서 참여할 수 있도록 충분히 홍보했어야 하는데 그러지 못해서 대단히 송구스럽게 생각한다.

2. 한국문화예술진흥원이나 유관 단체로부터 후원을 일체 받지 않고 개인이 펴내기 때문에 출품하신 여러 문사들께 원고료를 선불로 드리지 못해 송구스럽게 생각한다. 그러나 우국충정이란 한 마음 한 뜻으로 참여하신 것으로 알기에 오히려 자랑스럽게 여기는 바이다.

3. 독도를 노래한 시 작품 2편에서 10여 편 이상 보내오신 분들도 적지 않은데 형평성의 원칙과 제작 경비상의 이유로 1인 1편씩으로 제한하여 수록하게 되었음을 이해해 주기 바라며, 만사를 제켜두고 독도에 대한 심상을 정리해 주신 여러 문사들께 감사를 드리지 않을 수 없음을 밝힌다.

4. 오늘이 있기까지 독도를 외세로부터 온몸으로 지켜내신 관련자 여러분과 함께 이 앤솔러지에 실린 문사들의 독도 사랑을 나누고 싶으며, 우리 한민족의 정기를 바로 세우기 위해 노력하는 계기가 되었으면 한다.

5. 독도 관련 사진은 '사이버 독도'에서 큰 도움을 받았다. 감사를 드린다.

6. 독도를 노래한 시 작품 분석을 통한 문학평론이나 논문을 기대하고 신예 문학평론가 내지는 이론가를 공개적으로 찾았는데 원고를 기일 내에 제출하신 분이 단 한 분도 없었다. 이 점 유감스럽게 생각하며, 우리 사회의 가벼움을 재삼 체감한다.

7. 이 앤솔러지는 '독도'와 독도가 처한 '현실적 상황'이라는 객관적 대상 하나를 놓고 시인들이 저마다 자신의 역량을 총동원하여 창작한 것이기에 시를 공부하고자 하는 이들에게는 더없는 좋은 교재가 될 줄로 믿는다. 앞으로 독도 시들을 연구 분석한다면 축사를 써주신 강춘성 박사의 지적대로 우리 시인들의 역량과 작품의 특성을 확인할 수 있으리라고 본다. (편집자)

2005년 5월 16일 초판 인쇄
2005년 5월 20일 초판 발행

지은이 · 동방문학회 편(김준환 외)
펴낸이 · 이혜숙
펴낸곳 · 도서출판 신세림
100-015 서울특별시 중구 충무로5가 19-9
　　　　부성빌딩 702호

등 록 일:1991년 12월 24일
등록번호:제2-1298호
전　　　화:02-2264-1972
팩　　　스:02-2264-1973
E-mail:shinselim@chollion.net

ISBN 89-5800-036-8, 03810
정가 10,000원

ⓒ동방문학 편, 2005